VICTORY NOVELS

装甲空母大国

❷中部太平洋大決戦！

原 俊雄

電波社

この作品はフィクションであり、登場する国家、団体、人物などは、
現実の国家、団体、人物とは一切関係ありません。

もくじ

装甲空母大国(2)——中部太平洋大決戦！

第一章　改大鳳型の量産化

1

昭和一六年ごろが〝危ない〟という水野義人《よしひと》の予言はいかにも的中した。

フランクリン・D・ルーズベルトは一九四〇年の大統領選挙前に抜かりなく「両洋艦隊法」を成立させて、軍艦建造に拍車を掛けた。そして一一月に三選を果たすと、いよいよ日本に対して牙《きば》をむいて来た。

長期政権を約束されたルーズベルトは、一九四一年（昭和一六年）二月に太平洋艦隊の根拠地をハワイへ前進させたのだ。

「戦争は、今年中に始まります」

水野は年明け早々にそう予言して、一二月にはたしかに米国との戦争が始まった。

帝国海軍は、昭和一五年九月に出師準備「第一着作業」が発動されると、飛鷹《ひよう》型の空母改造を決めていたが、昭和一六年八月一五日に「第二着作業」が発動されるや、いわゆる「マル急計画」を策定して、主力空母一隻と重巡二隻の追加建造を決めた。

「マル急計画」には秋月型、夕雲型駆逐艦の増産も盛り込まれていたが、やはり計画の目玉となるのは空母の建造だ。とくに〝どのような空母〟を造るのか、ということが問題になった。

これまで帝国海軍では同型艦二隻で戦隊を組むのがならわしとなっていた。が「マル四計画」では〝三隻〟の大鳳《たいほう》型空母を建造している。第一航空戦隊は将来、大鳳型空母三隻の編制となるのが確実なため、ここへ来て、とくに空母航空戦隊については〝母艦三隻の編制に改めるべきではないか……〟との意見が、部内で大勢を占めるようになっていた。

それはよいが、「マル三計画」で建造中の翔鶴《しょうかく》型空母は二隻しか建造されていない。二隻とも昭和一六年秋には完成するが、三隻編制で戦隊を組むとすれば一隻たりない。

そこで翔鶴型空母の三隻目を「マル急計画」で建造してしまい、大鳳型と同じく〝母艦三隻編制の新原則に当てはめよう〟ということで話がまとまった。

三隻編制なら、たとえ一隻が戦闘力を奪われたとしても、残る母艦二隻で相当に多くの艦載機をさばけるという利点がある。

改翔鶴型ともいえるその三番艦は当然、はじめから飛行甲板に五八ミリの装甲を持つ装甲空母として計画され、飛鷹型や大鳳型と同様に〝煙突と艦橋を一体化した〟スタイルで建造されることになった。

改翔鶴型／装甲空母（マル急計画）一隻
基準排水量／二万八二〇〇トン
全長／二五七・五〇メートル
全幅／三六・七六メートル
飛行甲板・装甲／五八ミリ（三八＋二〇）
飛行甲板・全長／二四二・五メートル
飛行甲板・全幅／二九・〇メートル

機関出力／一六万馬力
最大速力／時速三三・六ノット
航続距離／一八ノットで一万海里
武装①／一二・七センチ連装高角砲×八基
武装②／二五ミリ三連装機銃×一八基
　搭載機数／約六五機（零戦など搭載時）
〔同型艦〕「雲鶴《うんかく》」のみ

改翔鶴型（雲鶴型）も、飛行甲板中央のエレベーター一基を廃止して、航空機用エレベーターを前後の二基のみとした。

外見上は大鳳型に似ているが、艦首にエンクローズド・バウを採用せず、飛鷹型をひとまわり大きくしたような艦容となる。基準排水量が翔鶴型より二五〇トンほど増えて、仮称「雲鶴」の最大速力はわずかながらも低下する。

が、艦橋が大きくなったその分、司令部設備を充実させることにした。

前年九月ごろから〝三隻編制〟を希《のぞ》む声が上がっており、改翔鶴型・装甲空母「雲鶴」は、昭和一六年九月二五日に横須賀工廠の「第二船台」で起工された。この「第二船台」では、大鳳型・重装甲空母の一番艦「大鳳」が昭和一六年八月五日に進水式を終えており、すでに「雲鶴」を起工できる状態となっていた。

装甲空母「雲鶴」の工期は二年四ヵ月と見積もられ、昭和一八年一月の進水、昭和一九年一月の竣工をめざすことになった。

装甲空母「雲鶴」の搭載機数は翔鶴型に準じている。竣工のあかつきにはもちろん、「雲鶴」「翔鶴」「瑞鶴《ずいかく》」の三空母で、同一戦隊を組ませようというのであった。

いっぽう、同じく「マル急計画」で建造される予定の重巡は改鈴谷《すずや》型と決まり、いずれも仮称だが、一番艦「伊吹《いぶき》」は昭和一七年四月に呉工廠で起工され、二番艦「筑波《つくば》」は同年六月に三菱長崎造船所で起工されることになった。

ところが、両艦が起工された直後に、「ミッドウェイ海戦」で「赤城」「加賀」「蒼龍《そうりゅう》」の三空母を失ってしまい、二番艦「筑波」はそのまま重巡として建造されるが、一番艦「伊吹」は三空母喪失の穴を埋めるために、急遽、軽空母へ改造されることになる。

2

両洋艦隊法で成立した予算で、米海軍は未曾有《みぞう》の建艦計画「スタークプラン」を策定した。

スタークプランは、アイオワ級戦艦、モンタナ級戦艦、エセックス級空母の大量建造などを柱としており、その建艦・総トン数は一三五万トンに及んでいた。

これは当時の連合艦隊の総戦力一四七万トンに匹敵する数字であり、米国の圧倒的な建造能力を日本にありありと見せ付けていた。

これに対抗すべき日本の建艦計画は「マル五計画」だが、その策定をめぐって帝国海軍の方針は迷走していた。

連合艦隊をあずかる山本五十六《いそろく》大将は、装甲空母や航空兵力の増強を望み、もはや〝戦艦は要らない！〟としていたが、軍令部はいまだ「漸減邀《ぜんげんよう》撃《げき》作戦」に固執しており、「マル五計画」においても改大和型、超大和型戦艦の建造を推し進めようとしていた。

その急先鋒となっていたのが昭和一三年一二月から軍令部・第一部長のイスに座っていた、宇垣《うがき》纏《まとめ》少将だった。

建艦計画の立案を担う第二部長は高木武雄《たけお》少将だが、同じ軍令部内で作戦を担う第一部長が戦艦同士による艦隊決戦の考えを堅持しているのだから高木やその下で「マル五計画」の立案を担当する第三課長の柳本柳作《やなぎもとりゅうさく》大佐は、巨大戦艦の建造を計画の柱に据えざるをえなかった。

宇垣にしてみれば、「マル四計画」で大和型戦艦を一隻に削られてしまい、「マル五計画」でそれを穴埋めしてやろうという思惑もあった。

昭和一六年はじめに軍令部から出された計画は当然、巨大戦艦の建造を柱としていたが、「時代錯誤の軍備計画だ！」と言って、これに噛み付いたのが航空本部長の井上成美《しげよし》中将だった。

「失礼ながら、これでは明治の頭で昭和の軍備をやろうとするようなもので、米国が戦艦何隻を造るから日本も何隻は必要だと、彼の軍備に追従するだけのまことに月並みな計画で、もし米国と戦争になったら、いかに戦いどうやって勝利をおさめるのか、それには何がどれだけ必要かの、明確な説明がなにもなされていない！　日本のような国は、もうすこし創意ゆたかな自主性ある軍備をおこなうべきであり、かかる杜撰《ずさん》な計画に膨大な国家予算を費やせるほど金持ちでもないし、仮にこのとおりの軍備が出来上がったとしても、こんなもので実際の対米戦争に到底、勝つことはできない！　軍令部当局は、一度この要求を引っ込めて、同じ金を使うならもっと気の利いた使い方が出来るように、とくと研究のやりなおしをされるのがよかろうと思う！」

まことに辛辣《しんらつ》で爆弾発言にちがいなく、会議は流会となって、高木はそのあと、航空本部長室へ乗り込み、文句を言った。

「本部長！　この計画がダメと言うなら、いったいどうすればいいのですかっ!?」

「どうすればいいのか、わからないのか？」

井上が目をほそめて応じると、高木は吐き捨てるようにして言った。

「わかりません！　ぜひ教えてください！」

「それならば、教えてやろう。……海軍の空軍化だよ」

するとと高木は、妙に納得するところがあったようで、「……わかりました」と言って、すごすごと引き下がって行った。

しかし納得しないのは、担当課長の柳本大佐である。

「井上さんにあれだけこっぴどくやられては、軍令部の面目まるつぶれで、主務課長のおれは切腹ものだ！」

ところが井上は、それを聞き及んでもまったく意に介さず、航空本部・総務部員に厳として言い渡した。

「切腹したつもりで勉強しろ、私がそう言っていたと柳本くんに伝えておけ」

結局、軍令部の建造案は流産となり、「マル五計画」が本格的にうごきはじめたのは四月になってからのことだった。

山本五十六の差し金により、四月一〇日付けで第一部長の宇垣纏が第八戦隊司令官となって軍令部から転出し、代わって第一部長に、山本の息が掛かった福留繁《ふくとめしげる》少将が就任した。福留はそれまで連合艦隊参謀長を務めていた。

山本の考えを熟知する第一部長の福留は、戦艦の建造に固執することなく、航空機を中心とした戦争計画の見なおしに着手した。その象徴として四月一〇日付けで連合艦隊の指揮下に創設されたのが、南雲忠一《なぐもちゅういち》中将が司令長官を務める「第一航空艦隊」であった。

空母「赤城」「加賀」「蒼龍」「飛龍《ひりゅう》」「龍驤《りゅうじょう》」をひとまとめにした、航空母艦を集団で運用するための初の機動部隊だが、竣工のあかつきには「翔鶴」「瑞鶴」も、第一航空艦隊に加えられることになっていた。

同時に軍令部でも「ハワイ奇襲作戦」の是非が真剣に検討され始め、空母を軸にした作戦計画の見なおしがおこなわれるようになって、そのことが「マル五計画」の策定にもすくなからず影響を及ぼした。

——第一段作戦に必要なのは、戦艦じゃなくて空母だ！　いや、第二段作戦以降も、空母がもっと必要になるだろう……。

軍令部の面々もそう認めざるをえなかった。

だとすれば「マル五計画」で空母を一隻でも多く造るべきだが、いよいよ対米戦が避けられないとなるや、人事に関してはさらにもうひと悶着《もんちゃく》があった。

軍令部総長の永野《ながの》修身《おさみ》大将が、突然、女房役の軍令部次長に「伊藤（整一《せいいち》）くんが欲しい！」と言い出したのだ。

海兵三九期卒業の伊藤整一少将は、米国通ではあるが、福留繁のあとを受けて連合艦隊参謀長に就任していた。山本五十六としては、右腕ともいえる伊藤参謀長を、軍令部に取り上げられることになる。

しかし、軍令部次長というのは大抜擢にちがいなく、これを拒めば、伊藤にとってせっかくの出世を、山本が妨げたことになる。山本は泣く泣く永野総長の要求を容れ、後任の連合艦隊参謀長に宇垣纒を据えたのだった。

宇垣のあとを受けて、第八戦隊司令官には海兵三九期卒業の阿部弘毅《ひろあき》少将が就任した。それが八月のことで、九月には、軍令部・第二部長が高木武雄少将から海兵四〇期卒業の鈴木義尾《よしお》少将に交代し、艦政本部長も豊田副武《そえむ》中将から海兵三七期卒業の岩村清一《せいいち》中将に交代した。

岩村は艦政本部・総務部長のときに「飛龍」などの装甲空母化にひと役買っており、装甲空母の建造に並々ならぬ熱意を持っている。

かたや、航空本部長は井上成美から海兵三四期卒業の片桐英吉《かたぎりえいきち》中将に交代していた。

片桐は第二航空戦隊司令官や霞ヶ浦《かすみがうら》航空隊司令などを過去に努めており、航空本部長として当然ながら空母の建造には賛成だった。

第二部長に就任した鈴木義尾も福留第一部長から説明を聴いて空母の必要性を認めており、これで「マル五計画」の建造方針が〝空母増産！〟の方向で一気にうごき始めた。

この流れを受けて「マル急計画」でまず改翔鶴型・装甲空母一隻が建造されることになり、同時に策定を間近にひかえていた「マル五計画」においても、戦艦の建造を今後一切止めて、主力艦は改大鳳型・重装甲空母七隻が建造されることになったのである。

改大鳳型の設計図はすでに六月にはまとまっており、その量産を強く推したのは、艦政本部長の岩村中将だった。

改大鳳型／重装甲空母（マル五計画）七隻
基準排水量／三万〇六〇〇トン
全長／二六一・八〇メートル
全幅／三七・五八メートル
飛行甲板・装甲／九五ミリ（七五＋二〇）
飛行甲板・全長／二六一・五メートル
飛行甲板・全幅／三〇・〇メートル
機関出力／一六万馬力
最大速力／時速三三・三ノット
航続距離／一八ノットで一万海里
武装①／一〇・〇センチ連装高角砲×八基
武装②／二五ミリ三連装機銃×二四基
搭載機数／約六〇機（零戦など搭載時）
〈同型艦〉「玄龍《げんりゅう》」「亢龍《こうりゅう》」「昇龍《しょうりゅう》」、四番艦以降の艦名候補は未定。

山本五十六大将の連合艦隊長官と第一艦隊長官の兼務が解かれたのは八月一一日のこと。岩村艦政本部長は八月一〇日まで、第一艦隊の指揮下で第二戦隊司令官を務めており、山本大将が〝一隻でも多くの装甲空母を必要としている！〟ということを、よく承知していた。

ちなみに第一艦隊長官には、八月一一日付けで高須四郎《たかすしろう》中将が就任しており、高須中将は、岩村中将のあとを受けて第二戦隊を直率し、旗艦を戦艦「伊勢」に定めていた。

装甲空母を量産するために、山本が岩村を艦政本部へ送り込んだといえるが、成案のはこびとなった「マル五計画」は、一〇月一〇日の海軍高等技術会議で承認され、「第七九回・帝国議会」にて予算が成立した。

改大鳳型は、文字どおり大鳳型を拡大改良した重装甲空母で、大鳳型と同様に飛行甲板に九五ミリの装甲を施し、五〇〇キログラム爆弾の急降下爆撃に耐え得る設計となっている。

搭載機数も大鳳型と大差ないが、飛行甲板が四メートルほど延長されており、いざとなれば、露天繋止《けいし》の機数を増やして、若干の搭載機数増加を図るのは可能であった。

大鳳型との相違点は、艦橋をより外側へ張り出して設け艦載機の発着を円滑にしたこと、高角砲を八基で一六門に増やしたことなどで、基準排水量は一三〇〇トンほど増えているが、艦の全長を四メートル余り長くしたので、大鳳型と同様の主機で三三・三ノットの最大速力を発揮できるものと考えられた。また、機銃も六六挺から七二挺に増やされていた。

一番艦「玄龍」は昭和一七年一月一〇日に横須賀「第六船渠《せんきょ》」で起工され、昭和一八年六月の進水、昭和一九年七月の竣工をめざす。

周知のとおり横須賀「第六船渠」では、大鳳型二番艦の「白鳳《はくほう》」が昭和一六年一〇月五日に進水式を終えており、改大鳳型一番艦の起工が可能となっていた。

また、神戸川崎造船所ではすでに「瑞鶴」が竣工し、昭和一六年八月五日には「飛鷹」も進水式を終えていた。改大鳳型二番艦の「亢龍」は神戸の「第四船台」で昭和一七年一月一五日に起工され、一番艦と同じく一八年六月の進水、一九年七月の竣工をめざすことになった。

さらに三番艦「昇龍」は、昭和一七年三月上旬に呉の「建造船渠」で起工され、一八年八月の進水、一九年八月の竣工をめざすことになる。

周知のとおり呉の「建造船渠」では、「大和」がまず建造されて、現在建造中の大鳳型三番艦「玄鳳《げんほう》」も、昭和一七年二月上旬には進水式を終える予定となっていた。

その「玄鳳」が進水したあと、およそ一ヵ月の準備期間を設け、三月上旬に改大鳳型の三番艦となる「昇龍」を、呉の「建造船渠」で起工しようというのであった。

なお、四番艦は改翔鶴型の「雲鶴」を起工した横須賀「第二船台」で建造される予定だが、四番艦以降が起工に至るのはいまから一年以上も先のことで、現時点では、はっきりとした着工時期は決められていなかった。

「改翔鶴型を除いて、昭和一九年中に大鳳型、改大鳳型を合わせて六隻もの重装甲空母が完成することになります」

艦政本部へ立ち寄った折りに岩村清一からそう聞かされて、山本五十六はいかにも満足げに目をほそめながらうなずいた。

ところが、昭和一九年中に完成する〝重装甲空母〟は、実際には六隻ではなく、年内にもう一隻増えて〝七隻〟となる。

3

開戦劈頭《へきとう》に海軍航空隊が米・英の戦艦六隻を見事に撃沈してみせると、海軍大臣の嶋田繁太郎《しげたろう》大将は躊躇《ちゅうちょ》することなく、大和型三番艦「信濃」の空母への改造を命じた。

「航空攻撃のみで戦艦を沈められることが実証された！　改造案が出されていたな……。三番艦をすみやかに重装甲空母に改造せよ！」

その後も制空権を確保した方が必ず勝利をおさめ、日を追うごとに航空機と空母の重要性は増すばかりであった。

——「マル四計画」を策定した昭和一三年の時点で、空母重視の建艦方針に転換しておいて本当によかった……。

帝国海軍のだれもが痛切にそう感じており、次いで策定した「マル急計画」や「マル五計画」でも空母の増産が決まり、機動部隊の兵力増強はことのほか順調に思われたが、六月の「ミッドウェイ海戦」で大敗を喫してしまい、連合艦隊主導の戦い方に俄然《がぜん》ケチが付いた。

主力空母三隻の喪失はたしかに大きな痛手にちがいなかったが、「山本五十六」の名声はその後も衰えることがなく、ここは海軍を挙げて、三空母喪失の穴を埋めるしかなかった。

「空母に改造可能な艦艇を残らず列挙せよ！　戦艦も例外ではない！」

大臣の嶋田繁太郎がそう命じると、軍務局も真剣になって軍令部と討議をかさね、伊勢型戦艦や千歳型水上機母艦などが順次、空母改造の候補に挙げられていった。

そのなかには「マル急計画」で建造の決まった重巡「伊吹」もふくまれており、空母予備艦として以前から指定を受けていた貨客船なども、もれなく候補に挙げられた。

そして検討の結果、戦艦「伊勢」「日向」をふくめて九隻もの艦艇が、空母もしくはそれに準じた航空機搭載艦に改造される、ということが決定したのである。それら九隻の艦艇はすべて昭和一九年の夏までに改造工事を終えるよう、海軍省から指示が出された。

主力空母および補助空母の竣工予定
・昭和一八年内に竣工するもの（一〇隻）
一月――装甲空母「瑞鶴」（修理完了）
三月――重装甲空母「玄鳳」（マル四）
三月――装甲空母「飛龍」（改装完了）
五月――航空巡洋艦「最上《もがみ》」（重巡改造）
九月――航空戦艦「伊勢」（戦艦改造）
九月――軽空母「千歳」（水上母改造）
一〇月――軽空母「千代田」（水上母改造）
一一月――航空戦艦「日向」（戦艦改造）
一一月――護衛空母「海鷹《かいよう》」（貨客船改造）
一二月――軽空母「翔鳳《しょうほう》」（貨客船改造）
・昭和一九年内に竣工するもの（七隻）
一月――装甲空母「雲鶴」（マル急）
一月――護衛空母「神鷹《しんよう》」（貨客船改造）
四月――軽空母「伊吹」（重巡改造）
七月――重装甲空母「玄龍」（マル五）
七月――重装甲空母「亢龍」（マル五）
八月――重装甲空母「信濃」（マル四）
八月――重装甲空母「昇龍」（マル五）
※新造艦や修理改装中の空母「瑞鶴」「飛龍」などを含む。

特筆すべきはまず、大和型三番艦の「信濃」である。空母に改造される場合「信濃」には、大鳳型と同様、飛行甲板に九五ミリの装甲が施されることになっており、この時点で最も信頼性の高い陽炎《かげろう》型駆逐艦四隻分の主機に換装し、航空母艦として速力の向上を図るということが改造計画書に明記されていた。

信濃型／重装甲空母（大和型戦艦改造）一隻
基準排水量／六万四〇〇〇トン
全長／二六六・〇〇メートル
全幅／四八・二四メートル
飛行甲板・装甲／九五ミリ（二〇＋七五）
飛行甲板・全長／二五六・〇メートル
飛行甲板・全幅／四〇・〇メートル
機関出力／一八万七二〇〇馬力
最大速力／時速二九・二ノット
航続距離／一八ノットで一万二〇〇〇海里
武装①／一二・七センチ連装高角砲×八基
武装②／二五ミリ三連装機銃×四八基
搭載機数／約九〇機（零戦など搭載時）
〔同型艦〕「信濃」のみ
※機関を陽炎型駆逐艦四隻分（九〇パーセントに減格）の主機に換装。

昭和一五年一二月一日に長崎三菱造船所で起工された「信濃」は、日米開戦の時点で船殻工事がおよそ六〇パーセントまで進捗していたが、主機の積み込みはまだおこなわれていなかった。

三番艦「信濃」は昭和一六年一二月二一日には正式に重装甲空母への改造が決定し、大臣の嶋田大将が岩村艦政本部長にあらためて確認をもとめたところ、艦政本部からは、昭和一八年六月の進水、昭和一九年八月の竣工をめざす、との回答が得られた。

主機の変更によって「信濃」の最大速力は二九ノット以上に向上すると見込まれ、搭載機数は初期型零戦を搭載した場合で九〇機ほどだが、折りたたみ翼を採用した新型艦戦を搭載した場合には一〇八機程度にまで増やせそうだった。

三年八ヵ月に及ぶ工期は戦艦に匹敵するほどの永さだが、一〇〇機以上の艦載機を搭載できるとすれば、帝国海軍の航空母艦で最大の搭載量となる。連合艦隊をあずかる山本五十六は、「信濃」の改造を手放しで歓迎した。

いっぽう、「ミッドウェイ海戦」後に改造の決定した補助空母のなかで、とくに説明を必要とするのが、昭和一八年一二月の竣工をめざしている軽空母「翔鳳」だった。

同艦の母体となるのはドイツから購入の約束を取り付けた貨客船「シャルンホルスト」号で、その機関を改鈴谷型重巡（二分の一隻分）の主機に換装して、速力向上を図り、軽空母に〝改造してしまおう〟という計画が持ち上がった。

周知のとおり、重巡「伊吹」の軽空母への改造が同時に決まっていた。

重巡「伊吹」の機関出力は一五万二〇〇〇馬力を予定していたが、軽空母に改造する場合はそれが七万二〇〇〇馬力で充分なため、余った半分の主機を、「シャルンホルスト」の改造に流用しようというのであった。

翔鳳型／軽空母（独貨客船改造）一隻
基準排水量／一万七五〇〇トン
全長／一九八・三四メートル
全幅／二八・二〇メートル
飛行甲板・装甲なし
飛行甲板・全長／一九二・〇メートル
飛行甲板・全幅／二四・五メートル
機関出力／七万二〇〇〇馬力
最大速力／時速二七・二ノット
航続距離／一八ノットで八〇〇〇海里

武装①／一二・七センチ連装高角砲×四基
武装②／二五ミリ三連装機銃×一六基
搭載機数／約三〇機（零戦など搭載時）
〔同型艦〕「翔鳳」のみ
※伊吹型軽空母、千歳型軽空母などの要目は史実どおりのため割愛す。

主機の換装によって「翔鳳」は速力二七ノットを発揮可能な軽空母として生まれ変わり、竣工のあかつきには軽空母「龍鳳《りゅうほう》」「瑞鳳」と同一戦隊を組むことが期待された。

また、戦艦「伊勢」「日向」は二隻とも航空戦艦に改造されることになり、今後、機材輸送の機会がますます増えるため、あらたに貨客船「あるぜんちな丸」と「ぶらじる丸」の二隻を護衛空母へ改造することにした。

空母改造後の艦名は、「あるぜんちな丸」が護衛空母「海鷹」とされ、「ぶらじる丸」は「神鷹」と名付けられる予定であった。

竣工後、航空戦艦二隻は機動部隊に随伴して主力空母へ艦載機の補充をおこない、護衛空母「海鷹」「神鷹」も航空戦艦に準じる任務か、もしくは機材輸送任務に従事する。

こうした補助的な役割を担うものもふくめれば昭和一八年、一九年の二年間で一七隻もの母艦が戦力化され、順次、連合艦隊に引き渡されてくることになる。

とくに昭和一九年の七月、八月には、「信濃」をふくめて四隻もの重装甲空母が完成するが、トラック基地で艦政本部からの報告書を受け取った連合艦隊の山口参謀長がそのことをふまえて不意につぶやいた。

「一九年の七月、八月か……。四空母が完成すれば、いよいよハワイですね？」

連合艦隊の旗艦・戦艦「武蔵」の司令部で、山口がそうつぶやいたのは昭和一七年一二月二八日のこと。山本五十六は、黙ってこれにうなずいてみせたのである。

第二章　重装甲空母／玄鳳

1

ガダルカナル島の奪還に成功し、小沢治三郎《じさぶろう》中将の第一機動艦隊がトラックへ帰投して来たのは一二月二五日・正午過ぎのことだった。

およそ二週間に及ぶ作戦で、第一機動艦隊は護衛空母「スワニー」「オルタマハ」と飛行艇母艦二隻をまんまと撃沈し、ソロモン海域から米艦艇を一掃していた。

第一機動艦隊は作戦中に三九機の艦載機を喪失していたが、三〇名以上の搭乗員を戦闘後に救助しており、六隻の母艦はむろん無傷でこの作戦を終えていた。

前々日には内地から護衛空母「冲鷹《ちゅうよう》」が入港しており、六隻の母艦は「冲鷹」から早速、機材の補充を受けた。

このソロモン海掃討作戦で多くの搭乗員が実戦経験を積むことができ、第一航空戦隊の重装甲空母「大鳳」「白鳳」や装甲空母「翔鶴」は、二七日には重油の補給も終えて、再び作戦可能な状態となった。

いや、一航戦ばかりではない。第二航空戦隊の装甲空母「飛鷹」「隼鷹」および軽空母「瑞鳳」も二七日・午後には重油と機材の補充を完了し、再び出撃可能な状態となった。

ガ島・ルンガ飛行場に配備された陸海軍機はいまや一〇〇機を超えており、ソロモン方面の制空権は日本側が完全に掌握している。米空母はガ島周辺からすっかりすがたを消していた。

米軍機動部隊は現在壊滅状態にあり、山口参謀長の頭には一瞬〝ハワイ攻略〟の文字が浮かんだが、事はそう簡単ではなかった。

ハワイを攻略するとなれば当然、陸軍の協力が要るが、約五ヵ月に及ぶガ島攻防戦で味方陸軍も大きな犠牲をはらっていた。

加えて、米軍もそう甘くはなく、米陸軍はニューギニア島・南北岸のブナに飛行場を建設しつつある。ダグラス・マッカーサー大将の米陸軍はポートモレスビーに基地航空隊を集結させて、ニューギニア島北岸に沿ってラエ地区へ進攻しようと狙っていた。

ガ島奪還に成功してソロモン方面の戦いは俄然《がぜん》膠着《こうちゃく》状態をむかえていたが、ニューギニア戦線では米軍が攻勢を強めており、帝国陸軍はそちらでも対処を迫られていた。

ニューギニア島・北岸沿いに進軍して来る米軍は飛行場を自力で推進できるため、空母機動部隊の支援をさほど必要としない。ガ島失陥のうっぷんを晴らすようにして、マッカーサー軍が攻勢を強め始めていたのだ。

ラエ、サラモア地区には陸海軍共有の飛行場が存在するが、ここを抜かれるとラバウルの足元に火が点き、南方資源地帯への突破をマッカーサー軍にゆるしてしまう恐れがある。それだけは是が非でも阻止せねばならず、参謀本部はニューギニア戦線への師団投入を決めて、海軍もその方針に同意していた。

――ニューギニアの防衛が急務で、ハワイ攻略を今、陸軍に打診しても到底、色よい返事を期待できないだろう……。

そうにちがいなく、山口としても〝ハワイ〟という考えを、当面のあいだは胸のうちに閉まっておくしかなかった。

反対に参謀本部からは、ポートモレスビー攻略の申し入れがあり、連合艦隊としても行きがかり上、それに協力せざるをえなかった。

連合艦隊がガ島へ不用意に飛行場を建設し、そのことが引き金となって多くの陸軍兵がガ島戦で命を落としてしまった。

また、本来はガ島へ送り込まれようとしていた米陸軍機が行き場所を失い、ポートモレスビーでダブつき始めていた。これ以上増えると厄介なので、それら敵機を一掃する必要もあった。

「陸軍の要請を断ることはできないが、……機動部隊を出すのかね？」

「さて、悩ましいところですね……」

山口はつぶやくようにそう返したが、山本長官はあきらかに機動部隊の派遣に乗り気でなさそうだった。

山口がめずらしく考え込んでいるので、それをみて山本が口をつないだ。

「いっそのこと機動部隊は出さず、艦載機だけを基地《ラバウル》へ上げて、ポートモレスビーに航空攻勢を仕掛けてはどうかね？」

たしかにその手はあったが、山口はおもむろに首をかしげた。

「発着艦の技量を持つ搭乗員を基地で使うというのはどうでしょう……。空母の機動力をみずから捨てることになります」

「が、飛行隊のみを基地へ上げれば空母を傷付けずに済むだろう」

山本の言い分にも一理あるが、山口は飛行隊と空母を切り離すのに反対だった。

「ポートモレスビーの敵機は大半が洋上飛行に不慣れな陸軍機ですから、雷撃を仕掛けて来るようなことはおそらくないでしょう。……わが空母の多くが装甲空母です。軽空母が傷付くようなことはあっても、主力空母が沈められるようなことはまずないはずです」

山本がこれにうなずいてみせると、山口は意を決して進言した。

「あせる必要はありません。……『瑞鶴』の修理や『飛龍』の改造を待ち、新造の『玄鳳』なども機動部隊に加えて、空母一〇隻の陣容でポートモレスビーを一気に攻略しましょう」

「……だが、『飛龍』が改造工事を終えるのは三月だし、『玄鳳』が竣工するのも三月だ。……それらを待って四月にポートモレスビーを攻略するとなれば、さすがにそのころには、米海軍も新型空母数隻を戦力化し、有力な敵機動部隊がサンゴ海へ現れるかもしれんぞ」

その可能性は大いにあった。そのことは山口も否定できないが、この男はむしろ米空母の出現を望んでいた。

「では、長官にお尋ねしますが、新型の米空母は何隻ほど出て来ると予想されますか?」

「……そんなもの、米軍の考えることだが、多ければ、五隻は出て来るだろう」

「ええ、そんなところでしょうが、私は、多くても四隻とみます。……ですが、たとえ五隻だとしても、こちらは一〇隻で迎え撃てるのです」

空母の数は二倍以上だ。山本もそれは〝そうだろう……〟と思い、口をつぐんでいると、山口がさらに言葉をかさねた。

「実際には大・小あわせて五隻以上の新型空母を米軍は完成させているかもしれませんが、米空母は一ヵ月以上にわたって習熟訓練を実施する必要があり、東海岸の基地からパナマ運河を経由してサンゴ海まで進出するのに、さらに一ヵ月以上の歳月を必要とします。……四月までにサンゴ海へ回せる敵の艦隊用空母は、五隻を上まわるようなことは絶対にないはずです！」

それは実際そのとおりだった。四月までに竣工する米空母は、エセックス級大型空母が「エセックス」「レキシントンⅡ」の二隻、それに三隻の軽空母「インディペンデンス」「プリンストン」「ベローウッド」を加えても全部で五隻だった。

むろん山本や山口はこうした正確な数字までは知らないが、軽空母「ベローウッド」は三月三一日に竣工するので、四月中にサンゴ海へ派遣するのには、いかにも無理があった。

山口の見立てにほとんど狂いはなく、米海軍が四月下旬までにサンゴ海へ派遣できそうな艦隊用空母は、実際には〝四隻が精いっぱい〟というところであった。

だとすれば、米軍機動部隊が万一迎撃に現れたとしても恐れるに足りない。

「うむ……、五隻を上まわるようなことは、たしかにないだろう」

山本がそう相槌を打つと、山口はいよいよ身を乗り出して力説した。

「もし米軍が機動部隊を出して来れば、それこそ各個撃破する、またとない機会です」

するとは山本は、ちいさく何度もうなずき、ついに山口の考えに同意した。

「ああ。連合艦隊が空母一〇隻を出すといえば陸軍も性急な進軍を自重するだろう。……しばらくは防衛に徹して、四月のポートモレスビー攻略に同意するはずだ」

「おっしゃるとおりです。そして、今回は陸軍の求めに応じて空母一〇隻を出すのですから、そのかわりに軍令部を通じて参謀本部に将来のハワイ攻略への協力をもとめ、ぜひとも陸軍側の同意を取り付けておくべきです！」

「……なるほど。ポートモレスビー攻略をダシにしてハワイ攻略を約束させるのだな……。それはうまい考えだ」

山本にむろん異存はなく、連合艦隊司令部の考えはすぐに軍令部に伝えられた。

そして、軍令部と参謀本部の話し合いは首尾よくまとまって、まずは四月にポートモレスビーを攻略することが決まった。

2

まもなく年が明け、昭和一八年一月八日には装甲空母「瑞鶴」が修理を完了した。「東部ソロモン海戦」で雷撃を受けた「瑞鶴」の修理には、結局二ヵ月余りを要したが、飛行甲板の装甲がものを言って、「瑞鶴」が致命傷をこうむるようなことはなかった。

約一ヵ月前の一一月三〇日には「龍鳳」も空母への改造工事を終えていたが、「龍鳳」はその後もトラックに進出することなく、独り内地に残って母艦搭乗員の育成に当たっていた。

一月一五日以降は、修理を完了した「瑞鶴」もその訓練に加わって、「龍鳳」とともに豊後水道を出入りして、瀬戸内海や日向灘でひっきりなしに艦載機を飛ばし始めた。

三月には「飛龍」と、待望の大鳳型三番艦「玄鳳」も竣工する。両空母が間を置かずに「ポートモレスビー攻略作戦」に取り掛かれるよう、その分の搭乗員もいまのうちに養成しておこうというのであった。

飛行隊の訓練に「瑞鶴」が加わり、「龍鳳」一隻で実施していたときの、およそ三倍の搭乗員が訓練に参加できるようになっている。母艦を使っての訓練は、これまで五日に一度ほどしか実施できなかったが、それが三日に一度は母艦を使えるようになっている。一月中旬以降、発着艦の技量を持つ搭乗員が日増しに増えていった。

年明け早々に機材の変更もあった。一月に「金星五四型」エンジンに換装した九九式艦爆二二型が制式採用となり、同機の最大速度は時速二〇六ノット（時速・約三八一・五キロメートル）から時速二三一ノット（時速・約四二七・八キロメートル）に向上していた。

機動部隊の母艦は艦爆を順次、二二型へ更新していくことになるが、機材の更新はそれだけではなかった。二月八日には、「金星六二型」エンジンに換装した零戦五四型も初飛行に成功して、海軍航空本部から量産の指示が出された。

前年八月に制式採用となった零戦三三型は「金星五四型」エンジンを装備していたが、同じ金星エンジン同士の換装のため、機体の設計を一からやりなおす必要がなく、円滑に零戦の速度向上を図ることができたのだった。

艦上戦闘機「零戦五四型」／乗員一名
・搭載エンジン／三菱・金星六二型
・離昇出力／一五〇〇馬力
・全長／九・二〇メートル
・全幅／一一・二〇メートル
　主翼折りたたみ時／五・八メートル
・最大速度／時速三一六ノット
　　　　／時速・約五八五キロメートル
・巡航速度／時速一八〇ノット
・航続距離／九二〇海里（増槽なし）
　　　　／一二八〇海里（増槽あり）
・武装／二〇ミリ機銃×二（一八〇発×二）
　　／一三ミリ機銃×二（二八〇発×二）
・兵装／二五〇キログラム爆弾一発
※昭和一八年二月より量産開始。

　二月八日に実施した飛行テストで、零戦五四型は高度六〇〇〇メートルにおいて時速三一六ノット（時速・約五八五キロメートル）の最大速度を記録し、航空本部長の片桐中将はただちに同機の制式採用に踏み切った。

　最大速度は零戦三三型より時速二〇キロメートルほど向上しており、五四型は零戦ではじめて防弾装置を装備していた。また、機体も一段と強化され、急降下制限速度も時速七八〇キロメートルに向上している。

　さらに、二〇ミリ機銃の携行弾数も四〇発ほど増やされていた。

　主翼にはむろん本格的な折りたたみ翼が採用され、三三型と同等の母艦搭載量を維持することができる。

改造後の飛龍型装甲空母だと搭載機数が六三機となり、大鳳型重装甲空母の場合は六九機、翔鶴型装甲空母でも七五機の艦載機を搭載することができた。

零戦五四型は二月中に量産が始まり、四月に実施予定の「ポートモレスビー攻略作戦」に出来るだけ多くの五四型を動員できるよう、連合艦隊は要望書を提出していた。

ただこの要望を満たすのはすこしむつかしそうで、まずは一航戦の母艦三隻のみが零戦五四型を装備することになった。

三三型と五四型は同じ「金星」エンジンを搭載しているため、姿かたちで両機を見分けるのはいかにもむつかしいが、五四型の配備を機に塗装を明灰白色から暗緑色へ変更し、容易に識別できるようにした。

そのため、一航戦の搭乗員に予定されている者は〝緑〟の零戦に乗って訓練に励み、五四型の高速性能を遠慮なくひけらかしている。白い三三型の搭乗員らはそれを、いかにもうらやましそうに見上げていた。

結局、零戦五四型は四月までにおよそ九〇機を準備できそうだった。

そして三月に入ると、いよいよ搭乗員の訓練に拍車が掛かったが、それもそのはず。二月二八日には、予定よりすこし早めに装甲空母「飛龍」が改造工事を完了し、三月五日には、大鳳型重装甲空母の三番艦「玄鳳」も竣工した。

とくに「飛龍」は慣らし運転もそこそこに三月一〇日から飛行隊の訓練に加わり、「玄鳳」も二五日に発着艦テストを実施して、それ以降は同じく訓練に参加し始めた。

それから約一週間、「玄鳳」は、飛行隊の訓練をかねて四月三日まで習熟訓練を実施し、竣工から三四日後の四月八日に、ほかの三空母「瑞鶴」「飛龍」「龍鳳」とともにトラックに到着、連合艦隊へ引き渡されたのである。

3

ガ島を失い軍に対するアメリカ国民の信頼は揺らぎ始めていた。その信頼を回復するためにアメリカ陸海軍は目に見えるかたちでの戦果を必要としていた。いや、ほかならぬルーズベルト大統領自身がそれを強く欲していた。

大統領からの要請に応じて、太平洋艦隊司令長官のチェスター・W・ニミッツ大将は戦いの場を南から北へ大きく転じようとしていた。

——アリューシャン列島だ！　大統領がおっしゃるように、これを奪還してみせれば、軍に対する信頼は回復するにちがいない！

アリューシャン列島のアッツ、キスカ両島はアメリカ合衆国固有の領土である。日本軍が前年の六月に上陸しており、アッツ失陥に対する国民の不満は軽視できないものがあった。これを奪い返してみせれば軍に対する不満は解消し、ガ島戦の敗北をおぎなって余り有る。

日本軍はキスカ島に小規模な飛行場を完成させているが、いまだ少数の戦闘機しか配備されておらず、奪還するのはさほどむつかしいことではない。アメリカ軍はアダック島などからの航空支援が可能で、必ずしも空母の支援を必要とせず、要塞化される前に、アッツ、キスカ両島をぜひとも奪還しておくべきだった。

ニミッツ大将は五月中旬のアッツ島奪還をめざし、三月には艦隊兵力の一部を南太平洋戦域から北太平洋へ移動させた。

三月一五日付けでちょうど海軍の編制に大きな変更があり、海軍作戦部長のアーネスト・J・キング大将は、主要な艦隊に番号を付することによって、その担当戦域を明らかにした。

地中海と大西洋で作戦する艦隊には偶数番号を付与して、太平洋で作戦する艦隊には奇数番号を付したのである。

中部太平洋を戦域とする艦隊……第五艦隊
南太平洋を戦域とする艦隊………第三艦隊
南西太平洋を戦域とする艦隊……第七艦隊

第五艦隊は五月中の編制をめざしている。

そして、ウィリアム・F・ハルゼー提督は三月一五日付けで大将に昇進、ハルゼー大将の南太平洋艦隊は同日付けで「第三艦隊」と改称され、陸軍マッカーサー大将麾下《きか》の南西太平洋艦隊は同じく三月一五日に「第七艦隊」と改称されて、その初代司令官にアーサー・C・カーペンダー中将が就任した。

以後、第七艦隊は俗に「マッカーサー艦隊」と呼ばれることになるが、ハルゼー艦隊とマッカーサー艦隊の境界は東経一五九度線に引かれ、それより東をハルゼー大将の第三艦隊が受け持ち、それより西をカーペンダー中将の第七艦隊が担当することになった。

カーペンダーの第七艦隊は当然マッカーサー大将の指揮下に在るが、ハルゼーの第三艦隊はあくまでもニミッツ大将の指揮下に残っている。

第七艦隊は空母や戦艦などの主力艦をまったく持たない弱小艦隊だ。そのためマッカーサーはこの決定にすこぶる不機嫌だったが、キングはこの改定を強行した。

五月下旬には、待望の空母「エセックス」や軽空母「インディペンデンス」がパールハーバーへ入港して来る。第五艦隊が編制されるのは、その到着を待ってからだが、アッツ島の奪還にこれら主力空母を使う予定はない。

母艦搭乗員の練度が充分でなく、さらに訓練を必要としている。それに日本軍機動部隊はいまだ強力だ。それがいつ、動き出さぬとも限らず、これら艦隊用主力空母は太平洋正面の作戦に備えておく必要があった。

日本軍機動部隊が〝ハワイ方面に現れない〟という保障はどこにもなかった。

虎の子のエセックス級空母をアッツ島奪還作戦に動員することはできないが、現在、南太平洋からアメリカ本土西海岸へ向けて、戦艦「ペンシルヴァニア」「ネヴァダ」「ニューメキシコ」「ミシシッピ」「アイダホ」の五隻が移動しつつある。これら戦艦は旧式ながら、五月終わりには戦艦「テネシー」も本格的な近代化改装工事を終えて戦列に加わる。以上六戦艦の砲撃力を頼みとして、ニミッツ大将は、アッツ島を奪い返してやろうというのであった。

旧式とはいえ多くの戦艦を手放すことになったハルゼーとしては痛しかゆしだったが、ニミッツも南太平洋方面の守りを、決しておろそかにしていたわけではなかった。

――エス島以南の味方基地は是が非でも死守する必要がある！

ニミッツもそう考えており、ハルゼー第三艦隊の指揮下には新型戦艦「ワシントン」「インディアナ」「マサチューセッツ」の三隻と旧式戦艦「コロラド」「メリーランド」の二隻をきっちりと残しておいた。

ちなみに、「東部ソロモン海戦」で大破にちかい損害を受けた戦艦「サウスダコタ」は現在、東海岸のノーフォーク工廠で本格的な修理を実施しており、戦艦「ノースカロライナ」は射撃管制装置と新型レーダーへの換装工事をパールハーバーで実施していた。

ハルゼー大将の指揮下に在る戦艦は現在、新旧あわせて五隻で、それでもハルゼーは大いに不満だったが、ハワイ防衛の観点から、やはりエセックス級空母を南太平洋に常時配備しておくわけにはいかなかった。

それに作戦部長のキング大将は、中部太平洋を横断して〝日本本土へ迫ってゆく〟という「オレンジ・プラン」の伝統的な戦略を堅持し続けていたし、陸軍航空隊最高司令官のヘンリー・H・アーノルド大将もマリアナ諸島の占領を強く希《のぞ》んでおり、最短距離でマリアナへ迫る中部太平洋案を推奨していた。

ただし、ルーズベルト大統領はオーストラリアの脱落を最もおそれており、かならずしも中部太平洋案一辺倒の考えではなかった。

「オーストラリアとの連絡は是が非でも維持しておく必要がある！　日本軍の南進をエス島の線で必ず喰い止めよ！」

そこで大統領の意を受けたニミッツは、サンガモン級護衛空母もう一隻を急遽、南太平洋へ回すことにした。

前年一二月に「スワニー」を失っていたが、同じくサンガモン級護衛空母「サンガモン」「シェナンゴ」「サンティー」の三隻をハルゼー第三艦隊の指揮下へ編入して、ささやかながらも新造空母の代用とした。

あらたに「サンティー」を得て、ハルゼーにもニミッツの気持ちはよくわかったが、わずかな基地航空隊と護衛空母三隻、戦艦五隻だけでエス島を守り切るような自信は、さすがのハルゼーにもなかった。

――味方艦隊用空母がゼロでは、ジャップ機動部隊がひとたび動き出すと、とてもエス島を護り切れないぞ！

そこでハルゼーは基地航空隊の兵力を強化するために、マッカーサー司令部に対して、Ｂ24など重爆撃機の借用を申し入れた。

ところが、弱小の第七艦隊をあてがわれたマッカーサーはこの時期、海軍は〝まったく頼りにならん！〟と不信感をつのらせており、ハルゼーの申し入れをけんもほろろに断った。

ここへ来て、マッカーサー司令部とハルゼー司令部のあいだには、険悪な空気が流れ始めていたのである。

4

軍令部だけでなく連合艦隊司令部もまた、アリューシャン方面の戦いには無関心だった。三月下旬には「アッツ島沖海戦」が生起して、同島への輸送を米艦隊に妨害されたが、米軍が本腰を入れて奪還に乗り出して来るのは〝まだまだ先のことだろう……〟と楽観視していた。

主戦場はあくまでニューギニア戦線で、喫緊の課題はマッカーサー軍の進軍を喰い止めることにある。諸悪の根源である米軍の要衝・ポートモレスビーから敵を追い落とすのが手っ取り早く、四月に入っても、大本営および、連合艦隊の関心は同方面に注がれていた。

四月八日には、内地で訓練を終えた「玄鳳」「瑞鶴」「飛龍」「龍鳳」が無事トラックに入港して来た。待望の四空母を指揮下へ迎え入れると、山本五十六大将は四月一〇日付けで連合艦隊の編制を一新した。

◎連合艦隊　司令長官　山本五十六大将
（トラック）同参謀長　山口多聞《たもん》中将
　第一戦隊　司令官　山本大将直率
　　戦艦「武蔵」「大和」
　第二戦隊　司令官　宇垣纒中将
　　戦艦「長門」「陸奥《むつ》」
　第一〇戦隊　司令官　大杉守一《もりかず》少将
　　軽巡「長良《ながら》」「名取《なとり》」駆逐艦四隻
〔第二艦隊〕　司令長官　近藤信竹《のぶたけ》中将
（トラック）同参謀長　白石万隆《かずたか》少将
　第四戦隊　司令官　近藤中将直率
　　重巡「愛宕《あたご》」「摩耶《まや》」「高雄《たかお》」
　第五戦隊　司令官　大森仙太郎《せんたろう》少将
　　重巡「妙高《みょうこう》」「羽黒《はぐろ》」「足柄《あしがら》」
　第九戦隊　司令官　梶岡定道《かじおかさだみち》少将
　　軽巡「北上」「大井」
　第二水雷戦隊　司令官　小柳冨次《とみじ》少将
　　軽巡「神通《じんつう》」駆逐艦一二隻
　第四水雷戦隊　司令官　高間《たかま》完《たもつ》 少将
　　軽巡「阿武隈《あぶくま》」駆逐艦一二隻

〔第一機動艦隊〕　司令長官　小沢治三郎中将
（トラック）　同参謀長　山田定義《さだよし》少将
　第一航空戦隊　司令官　小沢中将直率
　　装空【大鳳】【白鳳】【玄鳳】
　第三航空戦隊　司令官　松永貞市《さだいち》少将
　　装空『飛鷹』『隼鷹』
　第一一戦隊　司令官　阿部弘毅中将
　　戦艦「比叡《ひえい》」「霧島」
　第八戦隊　司令官　岸福治《きしふくじ》少将
　　重巡「利根」「筑摩《ちくま》」
　第一水雷戦隊　司令官　伊崎俊二《いざきしゅんじ》少将
　　軽巡「阿賀野《あがの》」　駆逐艦一二隻
〔第二機動艦隊〕　司令長官　角田《かくた》覚治《かくじ》中将
（トラック）　同参謀長　有馬《ありま》正文《まさふみ》少将
　第二航空戦隊　司令官　角田中将直率
　　装空『翔鶴』『瑞鶴』『飛龍』

　第四航空戦隊　司令官　加来《かく》止男《とめお》少将
　　軽空「龍鳳」「瑞鳳」
　第一二戦隊　司令官　西村祥治《しょうじ》少将
　　戦艦「金剛《こんごう》」「榛名《はるな》」
　第七戦隊　司令官　田中頼三《らいぞう》少将
　　重巡「鈴谷」「熊野」
　第三水雷戦隊　司令官　秋山輝男《てるお》少将
　　軽巡「大淀《おおよど》」　駆逐艦一二隻
〔第四艦隊〕　司令長官　小林仁《まさし》中将
（トラック）　同参謀長　鍋島俊作《しゅんさく》少将
　第一四戦隊　司令官　小林中将直率
　　軽巡「五十鈴《いすず》」「那珂《なか》」
　第二海上護衛隊　司令官　武田盛治《もりじ》中将
　　旗艦／軽巡「夕張《ゆうばり》」
　第五航空戦隊　司令官　城島高次《じょうじまたかつぐ》少将
　　護空「雲鷹《うんよう》」「大鷹《たいよう》」「冲鷹」

第一一水雷戦隊　司令官　木村進《すすむ》少将
　軽巡「龍田《たつた》」　駆逐艦八隻
○南東方面艦隊　司令長官　草鹿《くさか》任一《じんいち》中将
（ラバウル）　同参謀長　草鹿龍之介《りゅうのすけ》少将
〔第一航空艦隊〕　司令長官　草鹿中将兼務
　第二一航空戦隊　司令官　長谷川喜一《きいち》少将
（ラバウル基地／防衛）
第二四航空戦隊　司令官　山田道行《みちゆき》少将
（ガ島・ルンガ基地／防衛）
第二五航空戦隊　司令官　上野《うわの》敬三《けいぞう》少将
（ラバウル基地／防衛）
第二六航空戦隊　司令官　上阪《こうさか》香苗《かなえ》少将
（ラバウル基地／防衛）
〔第八艦隊〕　司令長官　鮫島具重《さめじまともしげ》中将
（ラバウル）　同参謀長　山澄貞次郎《やまずみていじろう》少将
独立旗艦／重巡「鳥海《ちょうかい》」

第六戦隊　司令官　五藤存知《ごとうありとも》少将
　重巡「青葉」「衣笠《きぬがさ》」「古鷹《ふるたか》」
第一六戦隊　司令官　清田《きよた》孝彦《たかひこ》少将
　軽巡「那珂」「川内《せんだい》」
第八潜水戦隊　司令官　吉富説三《よしとみせつぞう》少将
　潜母「長鯨《ちょうげい》」　潜水艦一〇隻
※便宜上、トラック、ラバウルに根拠地を置く艦隊以外は割愛す。【】は重装甲空母、『』は装甲空母を表わす。

連合艦隊の指揮下に在る艦隊用空母は計一〇隻に増えている。一〇隻もの空母を一個機動艦隊にまとめて運用すると、大所帯となって指揮が困難なため、四月一〇日付けであらたに「第二機動艦隊」が設けられ、その司令長官に角田覚治中将が就任した。

ただし機動部隊の統一指揮は、従来どおり第一機動艦隊司令長官の小沢治三郎中将が執る。
あらたに空母四隻を加えて、小沢機動部隊の全航空兵力は六〇〇機ちかくに達していた。

〔第一機動部隊〕　指揮官　小沢治三郎中将
・第一航空戦隊　司令官　小沢中将直率
重装空「大鳳」　搭載機数・計六九機
（零戦三〇、艦爆一八、艦攻一八、艦偵三）
重装空「白鳳」　搭載機数・計六九機
（零戦三〇、艦爆一八、艦攻一八、艦偵三）
重装空「玄鳳」　搭載機数・計六九機
（零戦三〇、艦爆一八、艦攻一八、艦偵三）
・第三航空戦隊　司令官　松永貞市少将
装甲空「飛鷹」　搭載機数・計五四機
（零戦二七、艦爆一八、艦攻九）
装甲空「隼鷹」　搭載機数・計五四機
（零戦二七、艦爆一八、艦攻九）
〔第二機動部隊〕　指揮官　角田覚治中将
・第二航空戦隊　司令官　角田中将直率
装甲空「翔鶴」　搭載機数・計七五機
（零戦三〇、艦爆二一、艦攻二一、艦偵三）
装甲空「瑞鶴」　搭載機数・計七五機
（零戦三〇、艦爆二一、艦攻二一、艦偵三）
装甲空「飛龍」　搭載機数・計六三機
（零戦二一、艦爆二一、艦攻二一）
・第四航空戦隊　司令官　加来止男少将
軽空母「龍鳳」　搭載機数・計三三機
（零戦二四、艦攻九）
軽空母「瑞鳳」　搭載機数・計三三機
（零戦二四、艦攻九）
※第一航空戦隊の零戦のみ五四型。

第一機動艦隊司令長官の小沢中将は「第一機動部隊」の指揮官を兼務し、第二機動艦隊司令長官の角田中将が「第二機動部隊」の指揮官を兼務している。

第一、第二機動部隊の航空兵力は、零戦五四型九〇機、零戦三三型一八三機、九九式艦爆一五三機、九七式艦攻一五三機、二式艦偵一五機の合わせて五九四機。

両機動部隊にはそれぞれ、高速戦艦二隻、重巡二隻、軽巡一隻、駆逐艦一二隻ずつが、空母群の護衛兵力として随伴していた。

いっぽうラバウル基地には、この時点で三〇〇機ちかくに及ぶ陸海軍機が配備されており、小沢機動部隊の攻撃と呼応して、ポートモレスビーに対して一大航空攻勢を仕掛ける。

年明け一月中旬から作戦準備が進められ、ポートモレスビー攻略用部隊として、ラバウルにはすでに陸軍二個師団と海軍陸戦隊・約六〇〇〇名が進出し、待機していた。

まずは航空攻撃でブナならびにポートモレスビーから敵航空兵力を一掃、陸軍部隊をブナ地区に上陸させる。次いで陸軍の進軍状況を見守りながら、第八艦隊に護られた海軍陸戦隊を直接ポートモレスビーへ上陸させて、これを一気に占領してしまおうというのであった。

日本側は事前の偵察でブナにおよそ一〇〇機の敵機、ポートモレスビーにも四〇〇機程度の敵機が配備されていると予想していたが、この数字におよそ誤りはなかった。

五〇〇機ちかくの敵機を相手に戦うことになるが、航空兵力に不足はない。

本作戦に動員しようとしている帝国陸海軍の航空兵力は、機動部隊の艦載機をふくめると、優に八五〇機を超えていた。

これまでにもラバウルには、ほぼ二日に一度の割合でポートモレスビーから敵爆撃機が来襲していたが、その空襲を零戦などの迎撃で凌《しの》ぎ、極力航空兵力の温存を図ってきた。

四月一二日。陸海軍の作戦準備が万事ととのうと、連合艦隊司令長官の山本五十六大将は満を持して「ポートモレスビー攻略作戦」を発動し、小沢、角田両機動部隊にトラックからの出撃を命じたのである。

第三章　米豪遮断機動作戦

1

三月中旬以降、日本本土――トラック間の通信が目立って増えており、日本軍がなにか大きな作戦を仕掛けて来るにちがいない、と米側もさすがに警戒感をつよめていた。

しかし、日本軍が攻撃の矛先《ほこさき》をいったいどこへ向けようとしているのか、その目的地や詳細な日時を、特定することはできなかった。

連合艦隊司令部を取り仕切る参謀長が、宇垣纒から山口多聞に交代して以降、日本の艦隊もなかなかしっぽを出さなくなっている。ミッドウェイ戦で米軍に煮え湯を飲まされた山口が、山本五十六大将に暗号漏れの可能性を指摘して、連合艦隊司令部も軍令部とのやり取りに慎重を期すようになっていた。

連合艦隊司令部のもとめに応じて、小沢、角田両機動部隊は無線封止を敷いてトラックから出撃している。攻撃すべき目標はもちろんポートモレスビーだが、山口参謀長は攻撃開始の日時を事前に決めず、その決定を、小沢中将の判断ひとつに委《ゆだ》ねていた。

「ラバウルを〝盾《たて》〟とし、ぜひとも奇襲でやっていただきたい。そのため攻撃日時の決定は、機動部隊司令部に一任いたします」

小沢はむろんこれにうなずいていたが、なるほど機動部隊が進撃してゆくその前方には、大量の零戦を配備した味方ラバウル基地がポートモレスビーに対して立ちはだかっている。

ラバウルからポートモレスビーまでの距離はちょうど四〇〇海里。そのためポートモレスビーの米陸軍航空隊は、B17、B24などの大型爆撃機を索敵に用い、ラバウルの北方洋上を捜索するしか手がない。つまり、それら米軍索敵機は、小沢機動部隊を見つけ出す前にまず、ラバウル零戦隊の迎撃網を突破しなければ、小沢、角田両空母群の上空までたどり着くことができない。山口が〝ラバウルを盾とし……〟と進言したのは、そういう意味であった。

ガ島をはじめとする、ソロモン諸島はすっかり帝国海軍の手中に在り、米軍はサンタクルーズ方面から飛行艇を飛ばすこともできない。トラックから出撃した日本の機動部隊を事前に発見するには、米軍は、ポートモレスビー配備の重爆撃機に索敵を頼らざるをえなかった。

ラバウル航空隊はポートモレスビー航空隊との戦いに専念できる。連合艦隊にとって、ソロモン諸島の全域を手中におさめていたことの意味はじつに大きかった。

しかも、アメリカ陸海軍はこのとき、およそ連携を欠いていた。ガ島以東をハルゼー大将の第三艦隊が担当しており、それより西をマッカーサー大将の南西太平洋軍が担当していた。

両者間にはきっちりとした線引きがあり、ハルゼー大将は当然、みずからが防衛の責任を負っている、エスピリトゥ・サント島周辺に航空兵力と艦隊を集中させていた。

ましてや、肝心の空母機動部隊はいまだ再建中であり、ハルゼー大将は旧式戦艦なども総動員してエス島を守り切るので精いっぱい。第三艦隊にマッカーサー軍へ支援を送るほどの余裕はとてもなかった。

かたやマッカーサー司令部は、当然〝ポートモレスビーが狙われているのではないか……〟と考えて、警戒感をつのらせていた。

確実に防衛するには艦隊用空母の派遣を海軍に要請すべきところだが、だとすれば、頼るべきはハルゼー司令部ではなく、ニミッツ大将の太平洋艦隊司令部だった。

しかし、この時点で新造のエセックス級空母やインディペンデンス級軽空母はハワイにすら到着しておらず、ニミッツとしてもマッカーサー軍の要請に応えることはできなかった。

いや、空母「エセックス」などに大至急、南太平洋への回航を命じれば、あるいは、ぎりぎりで間に合ったかもしれないが、母艦航空隊はろくに訓練を実施せずに戦うハメとなるし、ニミッツや作戦部長のキングには、新造空母を小出しにするという考えはなかった。

「エセックス級空母はまとめて運用する必要がある！　作戦上の都合で個々に便利使いするようなことは絶対に避けよ！」

ニミッツはキング作戦部長からきつくそう言い渡されており、結局、エセックス級空母などがパールハーバーへ到着するのは五月に入ってからのことだった。

たっての要請を断られてしまったが、マッカーサーとしても〝無い袖は振れない〟ということはうすうすわかっていた。

味方機動部隊の支援がないとすれば、自力でニューギニア戦線を維持してみせるしかないが、幸い、ポートモレスビーの陸軍航空兵力は日増しに強化されつつあった。

前年九月にはマッカーサー軍の指揮下に「第五空軍」が編制され、ジョージ・C・ケニー中将がその司令官に就任。四月中旬の時点で第五空軍の兵力はポートモレスビー、ブナ両基地を合わせて五〇〇機ちかくに達していた。

両飛行場の滑走路ではアメリカ陸軍の戦闘機や爆撃機がうなっている。とくにポートモレスビー基地では、B17、B24といった四発・大型爆撃機六四機も悠々と翼をならべていた。

――日本軍機動部隊が〝強し！〟といえども、これだけの航空兵力が在れば、ポートモレスビーの防衛は安泰だ！

ケニーはそう確信し、マッカーサー大将に対して、基地の防衛は「盤石です！」と太鼓判を押してみせたが、かれは空母機動部隊の本当の恐ろしさをまだ知らなかったのである。

2

ケニー中将は、四月一二日には索敵の強化を命じ、二八機のB17爆撃機すべてを、惜しげもなく索敵に動員していたが、四月一四日にはその索敵計画に早くもほころびが出始めた。

昭和一八年の四月にもなると、日本軍もさすがに、重要拠点のちかくに対空見張り用レーダーの設置を終えていた。セントジョージ岬やその周辺にレーダー基地を設け、ラバウルの司令部に敵機の接近を通報して来る。

その通報を受け、ラバウルから零戦が一斉に飛び立ち、索敵にやって来たB17に対して、執拗に攻撃を仕掛ける。

一四日の空中戦もそうだった。二四機の零戦が基地から緊急発進し、北東へ向けラバウル上空を飛び過ぎようとした三機のB17に対して、次々と襲い掛かって一五分ほどで、まず二機を撃墜、残る一機にも深手を負わせてポートモレスビーへの退避を余儀なくした。

さすがに〝空の要塞《ようさい》〟とうたわれるだけのことはありB17の防御力は各段に強く、零戦も三機が返り討ちとなってしまったが、連合艦隊にはポートモレスビー〝攻略〟という大きな目的があるだけに、零戦は最初の一撃から容赦なく二〇ミリ弾をぶっ放し、B17の反撃も恐れずに、果敢に波状攻撃を仕掛けた。

二機を失ったばかりか、ポートモレスビーへ帰投して来た三機目のB17も、その後五日間にわたって再発進不能となってしまい、ケニー中将は俄《が》然《ぜん》、ラバウル北方の索敵〝中止！〟を命じざるをえなかった。

無理もない。前日の一三日にもB17一機が撃墜され、二機が大損害をこうむって本来の索敵任務を果たせていなかった。あるいは一万メートル以上の高高度で飛び続ければ、ゼロ戦による迎撃をかわせたかもしれないが、それではすっかり雲上飛行となってしまい、たとえ敵艦隊を発見できたとしても、高度が高すぎて、空母を判別するのは不可能にちがいなかった。

とはいえ、ケニー中将も一切の索敵を断念したわけではなかった。日本の空母はいずれ三〇〇海里圏内に進入して来るはずだ。

それをいちはやく発見するために早暁《そうぎょう》の索敵に切りかえたのである。そうすれば、Ｂ17のみに頼らずとも、ほかのＢ25爆撃機やＰ38戦闘機なども索敵機として使うことができる。ただし、それら索敵機は日の出を待たずしてポートモレスビーから発進させる必要があり、日の出後に発進させたのでは、日本の空母艦載機に先制攻撃をゆるしてしまう恐れがあった。

いっぽう、肝心の小沢、角田両機動部隊は一四日・正午を迎えた時点で、ラバウルの北東およそ二五〇海里の洋上を遊弋《ゆうよく》していた。すなわちポートモレスビーの北東・約六五〇海里の洋上ということになる。

ラバウル発進の零戦がＢ17を撃ちもらした場合には、両機動部隊は高速で北方へ退避し、行方をくらますつもりでいた。

けれども、この日は零戦が二機を撃墜して、もう一機のＢ17も首尾よく退散させたので、小沢はこの機を〝逃してはならじ！〟と、気勢よろしく決断し、一五日・早朝のポートモレスビー空襲をめざして機動部隊に進軍を命じた。

麾下《きか》全艦艇に二五ノットでの進軍を命じ、角田中将の第二機動部隊も、第一機動部隊の後方からもちろん追従して行った。

四月一四日の日没はポートモレスビー現地時間で午後五時五七分。翌・一五日は午前六時三分に日の出を迎える。

小沢、角田両機動部隊はそれからたっぷり六時間以上にわたって疾走し続け、一四日・午後六時三〇分にどっぷりと日が暮れた時点で、ポートモレスビーの北東およそ四九〇海里の洋上まで軍を進めていた。

トラックを出撃してから、両機動部隊はむろん米軍索敵機に一切発見されておらず、夜のとばりに吸い込まれるや、小沢、角田両中将はほどなくして、部隊の進軍速度を二四ノットに低下させたのだった。

——よし、上々だ！　これで奇襲のお膳立てがととのった！

両中将はそう確信したが、攻撃日時の決定を機動部隊司令部にゆだねた連合艦隊の作戦指導がじつに的を射ており、なによりソロモン方面から敵機を一掃しておいたことが、機動部隊が行動を秘匿することのできた最大の要因であるのにちがいなかった。

時刻はちょうど今、午後六時三〇分になろうとしている。腕時計を見て、第一機動部隊参謀長の山田定義少将が小沢中将に進言した。

「奇襲を期すために、ポートモレスビーの二五〇海里付近まで軍を近づけ、午前四時一五分に第一波攻撃隊を発進させます！」

すると小沢は、これにうなずきつつも、ひとつだけ再確認した。

「夜間発艦になるが、問題はないね？」

「はい。第一波はとくに練度の高い搭乗員でそろえております。……経験の浅い者は第二波攻撃隊にまわし、第二波の発進時刻は薄明直後の午前五時三〇分を予定しております」

周知のとおり日の出時刻は午前六時三分。山田が言うように午前五時半ごろには空が白み始めてくる。薄明後の発進なら第二波の搭乗員も充分にこなせるので、小沢は即うなずいて攻撃の許可をあたえた。

「よかろう。では、それでやってもらおう」

午後六時三〇分以降は夜行軍となるため進軍速度を二四ノットに低下させたが、第一、第二機動部隊はそれからたっぷり九時間四五分にわたって南西へ航行し続け、翌一五日・午前四時一五分を迎えた時点でポートモレスビーの北東・約二五五海里の洋上まで軍を進めた。

第一波の搭乗員はみな、午前二時三〇分には起床しており、空母一〇隻の飛行甲板上では、基地攻撃用の爆弾を装備した攻撃機がすでに勢ぞろいしていた。

第一波攻撃隊の兵力は零戦一二〇機、艦爆九〇機、艦攻八一機の計二九一機。

艦爆はすべて二五〇キログラム爆弾一発ずつを装備し、艦攻のうちの四五機が二五〇キログラム爆弾二発ずつ、残る三六機が八〇〇キログラム爆弾一発ずつを装備している。

ポートモレスビーは米軍機の一大淵叢《いちだいえんそう》だ。敵戦闘機の反撃があるやも知れず、艦爆や艦攻を護るために第一波には零戦を多めに付け、惜しげもなく一二〇機を出すことにした。

指揮官は江草隆繁《えぐさたかしげ》少佐だ。江草は大鳳降下爆撃隊の艦爆一八機を直率しており、第一機動部隊の母艦五隻はすべて艦爆を出し、第二機動部隊の母艦五隻はすべて艦攻を攻撃に出す。

発進の準備がととのうと、小沢中将は躊躇《ちゅうちょ》なく出撃を命じ、午前四時三〇分には第一波の攻撃機がすべて上空へ舞い上がった。

空母一〇隻の飛行甲板は探照灯で煌々《こうこう》と照らされ、発艦をしくじるようなものは一機もない。

旗艦「大鳳」から最後の艦爆が悠々と発進してゆくと、小沢中将は〝よし〟とうなずき、続いて索敵機にも出撃を命じた。

米軍機動部隊が出て来る可能性はきわめて低いが、決して油断はならない。米海軍はすでに新型空母数隻を完成させていた。

第二波攻撃隊の発進予定時刻まであと一時間ほどある。それまでに高速の二式艦偵で索敵を実施し、敵機動部隊の有無をきっちり確かめておこうというのであった。

二式艦偵は「大鳳」「白鳳」「玄鳳」「翔鶴」「瑞鶴」の五空母から三機ずつ、計一五機が発進してゆく。とくに「翔鶴」「瑞鶴」は第一波に零戦一二機と艦攻二一機ずつの計三三機を出したが、その後方には、すでに二式艦偵三機ずつも並べられてあった。そのため五空母は、それら索敵機も途切れなく発進させることができた。

装甲空母「瑞鶴」から、最後の二式艦偵が飛び立ったのは午前四時三二分のことだった。

そして、そのころにはもう、第二波の搭乗員もみな起床しており、空母〝八隻〟の艦上では早くも第二波攻撃隊の準備が始まった。

軽空母「龍鳳」「瑞鳳」の艦上には、いまだ零戦一二機ずつが残されて在ったが、それら軽空母の零戦はすべて艦隊防空用として温存しておく。そのため第二波攻撃隊は、軽空母を除く八隻の装甲空母から発進してゆくことになる。

その兵力は零戦四八機、艦爆六三機、艦攻七二機の計一八三機。

第二波も、艦爆はすべて二五〇キログラム爆弾一発ずつを装備し、艦攻の半数が二五〇キログラム爆弾二発ずつ、残る三六機が八〇〇キログラム爆弾一発ずつを装備している。

第一波と比べて、零戦の出撃数が極端に少ないが、それには歴《れっき》とした理由がある。

　第一波の零戦はすべて増槽を装備して出撃しており、第二波攻撃隊がポートモレスビー上空へ進入して来るまで敵基地上空で粘り、戦いを続けることになっていた。この戦法は前年一〇月に生起した「東部ソロモン海戦」で、およそ期待どおりの成果をおさめていた。

　予定どおり第二波の発進準備も午前五時三〇分にはととのい、小沢、角田両中将は報告を受けてすかさず攻撃隊に出撃を命じた。

　その命令を待っていたかのようにして、ちょうど周辺洋上が白み始めてくる。

　天気は半晴といったところで、気象条件はまずまずだった。

　この時点で小沢、角田両機動部隊は、ポートモレスビーの北東およそ二三〇海里の洋上まで軍を進めていた。

　第二波でも最も多くの機を発進させるのは装甲空母「翔鶴」「瑞鶴」だが、その数は二七機ずつでしかない。

　午前五時四二分には第二波の攻撃機もすべて発進してゆき、「翔鶴」艦上でそれを見届けると、角田中将のきびしい表情にも、さすがにほころびが見られた。

「……わが機動部隊はいまだ敵機の接触を受けておりません」

　第二機動部隊参謀長の有馬正文少将がそう声を掛けると、角田もうなずいてみせたが、出した攻撃機を収容するまではおおむねポートモレスビーの二五〇海里圏内で行動することになる。そのため両中将は、合わせて一〇五機の零戦を防空用に残し、日本の空母一〇隻はこのあと、北東二五〇海里付近の洋上で遊弋し始めたのである。

3

ケニー中将の第五空軍司令部は戦闘態勢を敷いていつになく警戒していたが、四月一四日までに日本軍機動部隊の行方を突き止めることはできなかった。

敵の攻撃日を特定できず、連日にわたって索敵をくり返すしかない。索敵開始から四日目の一五日にもなると、搭乗員にもそろそろ疲れが見え始めてきた。

――敵空母は本当にポートモレスビーを攻撃して来るのかっ？

司令部の方針に懐疑的な者もいて、一日も欠かさず、毎日・夜明け前に索敵機を発進させるのは一苦労だった。

「索敵が必要なことは認めますが、日の出前に出発する必要が、本当にありますか？」

それでも飛行長はかれらの尻を叩き、この日も一三機のB17を夜明け前に発進させた。

「なるほど夜間発進になるが、舞い上がって一〇分もすれば、上空では空が白み始めてくる。……まあ、そう言わずに、司令部の方針にしたがってもらいたい」

飛行長に背中を押され、一三機がポートモレスビーの第三滑走路から飛び立ったのは、午前五時一〇分のことだった。

ひとまず高度八〇〇〇メートルを確保し、それから一〇分もすると、たしかに空がうっすらと白み始めてきた。

けれども、雲が多めで〝視界良好〟とは決していえない。空半分を厚い雲が占めていた。

いつもにも増して注意が必要だが、一三機のB17は午前五時二〇分までに全機が上空へ舞い上がり、各索敵線上を巡航速度の時速一五八ノットで前進し始めたのだった。

いっぽう、江草少佐の第一波攻撃隊は九七式艦攻の巡航速度・時速一四二ノットに合わせて飛び続け、進撃開始からおよそ二〇分後に飛行高度を六〇〇メートルまで低下させていた。

米軍の支配するブナ基地はポートモレスビーの手前（北東）およそ八六海里に位置している。江草はブナからのレーダー探知を避けるために攻撃隊の高度を下げたのだが、索敵機のB17が発進を開始した一五日・午前五時一〇分の時点で、第一波攻撃隊は九〇海里余りの距離を前進し、ポートモレスビーの北東・約一六〇海里の上空に達していた。

すなわちブナの手前・約七四海里の上空だ。いまだ明けやらず空はまだ暗い。

第一波攻撃隊は雲の下を飛び、依然として夜間飛行を続けていたが、それから一五分ほど経つとようやく空が白み始めてきた。

ブナまでの距離はおよそ五〇海里となっているが、敵機が現れるような様子もなく、眼下にはニューギニア島とニューブリテン島（ラバウルの在る島）に挟まれた、西ソロモン海の大海原が果てしなく広がっていた。

空が明るくなるにつれて、江草はよりいっそう周囲の見張りを厳にしたが、ブナの手前・約二〇海里の上空へ差し掛かっても、敵機が現れるような気配はまったくなかった。

――よし！　ブナに対する攻撃はどうやら奇襲でゆけそうだ！

江草はいよいよそう確信したが、それが午前五時三三分ごろのこと。あと八分ほどでブナ上空へ到達するため、江草は大きくひとつ息を吐いて俄然、気合いを入れなおした。

まもなくすると、はるか前方に海岸線が見え始め、江草は右へ若干針路を修正しながら、第一波攻撃隊を一気にブナ上空へと導いた。

それでもなお敵機は現れず、奇襲〝成功！〟を確信した江草は、午前五時四〇分を期して突撃命令を発し、攻撃隊の高度を一気に三〇〇〇メートルまで引き上げた。

ブナに対する攻撃方針はあらかじめ決められていた。奇襲となった場合には、四航戦（龍鳳、瑞鳳）の零戦二四機と艦攻一八機で襲い掛かり、強襲となった場合には、三航戦（飛鷹、隼鷹）の零戦二四機と艦爆三六機で襲い掛かる。

江草はむろん〝奇襲〟と判断し、四航戦の四二機を攻撃に差し向けた。

ブナを攻撃せずに素通りすることはできなかった。米軍はブナにも二本目の滑走路を完成させており、およそ一〇〇機の米軍機が駐機していると推測された。ラバウル航空隊が事前にもたらした情報だが、ポートモレスビー空襲中にブナ発進の敵戦闘機に背後から襲われると、それこそ厄介なことになる。

幸い、ブナに対する攻撃は奇襲となって成功したため、まずは艦攻一八機で滑走路に絨毯爆撃を仕掛け、その上で居並ぶ敵機に零戦で機銃掃射を仕掛けてゆく。そして、主隊がポートモレスビーを空襲している間も、二四機の零戦でブナ上空を制圧し続け、敵機の動きをしっかり封じておこうというのであった。

ブナ空襲隊による攻撃は効果覿面《てきめん》だった。滑走路のあちこちに爆撃による穴が開き、その後方で待機していた敵戦闘機や敵爆撃機が二〇ミリ弾を喰らって次々と粉砕されてゆく。

もはやこうなると発進は不可能で、基地の米兵はみな、泡を喰って防空壕へ退避してゆく。それもそのはず。基地上空ではもはや零戦がわがもの顔で飛びまわっていた。

地上でうごめくものには零戦がかたっぱしから機銃掃射を加えてゆくため、ブナの米軍飛行場は金縛りに遭ったような状態で、まったく身動きが取れない。

――よし、上出来だ！　これで、ブナから敵機が舞い上がって来るようなことはあるまい！

江草はそう確信するや、愛機をふくむ残る主隊の二四九機を率いて先を急いだ。


ブナを空襲したからには、米軍司令部もさすがに日本軍機の来襲に気づいたはずで、ポートモレスビーの敵戦闘機は必ず迎撃に舞い上がって来ると思われる。

残るポートモレスビーまでの距離は八五海里ほどだ。江草は、ガソリンの残量をしっかりと確かめてから、主隊の進撃速度を俄然一六〇ノットへ引き上げた。

ところが、その矢先に前方から、思わぬ伏兵が現れた。はじめ江草は、撃ちもらしたブナの敵戦闘機が〝急上昇して来たのかっ!?〟と思い、一瞬目を疑ったが、じつはそうではなかった。

薄明の直前に索敵機としてポートモレスビーから発進していたB17のうちの二機が、今、懸命に高度を上げながら、猛烈な速度で江草隊の上空を反対へ通り過ぎようとしていたのだった。

よく観ると、それはあきらかに大型のＢ17爆撃機で、それら敵機の速度はもはや二五〇ノットを超えていた。

二機のＢ17はブナ基地から昇った白煙を認めて日本軍機の来襲に気づき、ブナ上空を無難にやり過ごそうと速度を上げたのだった。

追撃してもなかなか追い付けそうにない。するとブナ上空で地上攻撃に飽いていた四航戦の零戦もＢ17に気づいたようで、五機ほどが束となって敵機にまとわり付き始めた。

俄然ブナ上空で始まった空戦のなりゆきを江草が見届けることはできなかったが、零戦は一機に致命傷を負わせて撃退したものの、もう一機のＢ17をあえなく取り逃していた。

いっぽう、ブナなどから相次いで通報を受けたケリー司令部は仰天した。

最初にブナ基地から〝大量の敵機から空襲を受けつつある〟との一報が入ったときには、ケリー中将もまだ半信半疑だったが、続いて索敵機のＢ17が同様の報告を入れて来たので、もはや敵機が来襲しつつあるのは疑いなかった。

それが午前五時四五分のことで、にわかにポートモレスビーが〝危ない！〟と悟ったケリー中将は、大急ぎで基地の全戦闘機を迎撃に上げるよう命じた。ところが、敵空母〝発見〟の報告がないままいきなり空襲を受け、みなが意表を突かれて準備がなかなかととのわない。

最初のＰ40戦闘機がおっとり刀で第一滑走路から飛び立ったのは、ようやく午前五時五五分になってからのことだった。

一九四三年四月の時点でポートモレスビーには五本の滑走路が完成していた。

ただし、完成したばかりの第五滑走路は緊急着陸用とされており、そこから発進を予定していた機はこのときもなかった。

　続いて第四滑走路からもＰ40戦闘機が発進を開始し、第一、第四滑走路からはこのあとも、ほぼ三五秒間隔で続々と戦闘機が発進し始めた。

　戦闘機ばかりではない。エプロン地帯に駐機中の爆撃機なども空襲を避けるためにすべて上空へ舞い上げる必要があり、第二、第三滑走路からもＢ25爆撃機やＡ20攻撃機、Ｂ17、Ｂ24爆撃機といった機体が次々と離陸し始めた。けれども、機体の大きな爆撃機などの発進には、より時間が掛かり、一機を離陸させるのに四五秒前後の時間が必要だった。

　発進作業と前後して午前五時五二分にはレーダーが敵機群を探知し、即、警報が出された。


　これを受け、射撃兵が対空砲に取り付いたりしてみなが配置に就き、基地の迎撃態勢はいよいよととのえられていった。が、米側の対応はおよそ後手にまわされていた。

　午前六時五分過ぎから空中戦が始まり、その約一〇分後には、ついに日本軍機の進入をゆるして空襲が始まった。

　ポートモレスビーはその数分前に日の出を迎えており、夜はすっかり明けている。

　江草少佐が突撃命令を発したのは日の出の一三分後、午前六時一六分のことだった。

　主隊の零戦は九六機だが、すでに全機が増槽を切り離している。

　ポートモレスビーに対する攻撃は〝強襲！〟となったが、先にブナを空襲せねばならず、それは覚悟の上でのことだった。

先陣を切ったP40が離陸を開始してからすでに二一分ほど経過していた。しかし、基地からの発進は、空母からの発進のように寸秒をあらそって飛び立つことができず、結局、二本の滑走路を使って離陸することのできた米軍戦闘機は七二機にとどまった。

しかも、その半数ほどがいまだ満足に高度を確保しきれておらず、零戦とまともに太刀打ちすることのできた米軍戦闘機は、四〇機足らずでしかなかった。

発進に成功した七二機にはP38戦闘機一八機もふくまれていたが、高度を充分に確保できず、さしものP38も、その高速性能を活かすことができない。

零戦は数でも圧倒しており、舞い上がって来た米軍戦闘機を次々と空戦にまき込んでいった。

そして、空戦開始からおよそ一〇分後には早くも大勢が決し、午前六時二〇分ごろには第一波の零戦がポートモレスビー上空をすっかり制圧していた。

零戦の援護を受け、艦爆や艦攻が続けざまに爆弾を投じてゆく。その爆撃を受け、発進に後れた多くの米軍機が地上でつぎから次へと粉砕されてゆく。

——くっ、日本軍にしてやられたっ！　敵空母はいったいどこだっ⁉

口に出してこそ言わないが、ケニー中将の顔はもはやすっかり青ざめていた。

それもそのはず。結局、空襲を受ける前に飛び立つことのできた機は、爆撃機などをふくめても一二五機ほどにすぎず、発進に後れた多くの機が地上で破壊されてゆく。

四つの滑走路はいずれも穴だらけで火の海と化し、もはやこうなると、掩体《えんたい》などに隠されていた残る五〇機余りも、到底出撃を命じられるような状況ではなかった。

上空ではいまだ戦闘機同士の戦いが続いていたが、日本側のほうが圧倒的に有利で、残存の敵戦闘機を退けるのに、もはや零戦は五〇機を必要としなかった。

残る四〇機ほどの零戦は、午前六時半過ぎから低空へ舞い下りて機銃掃射を仕掛けた。そのため消火活動もままならず、米兵は嵐のような空襲が過ぎ去るのをただじっと我慢して待っているしかなかった。

午前六時四五分ごろになってようやく空襲はおさまった。が、もはやポートモレスビー航空隊の敗北は決定的だった。

飛び立つ前に破壊された機は二〇〇機ちかくにも及び、空戦でも戦闘機四八機と爆撃機一二機を撃墜されて、日本軍・第一波攻撃隊による空襲だけで、ポートモレスビー航空隊は一挙に二五〇機以上を失っていた。

じつに目を蔽《おお》いたくなるほどの被害だが、この敗北をすこしでもつぐなうには、敵空母を一刻も早く見つけ出して反撃するしかなかった。

空戦はまだ続いているが、幸い敵爆撃機などは上空から飛び去りつつある。

待ちに待った報告がケニー司令部に入ったのは午前六時四八分のことだった。

「司令官！　索敵に出たB17の一機が、ポートモレスビーの北東およそ二五〇海里の洋上に空母をふくむ日本軍の大艦隊を発見した、と、たった今報告してきました！」

「なにっ！　それで、発見した敵空母はいったい何隻だ!?」

ケニーは即座に問いただしたが、通信参謀はちからなく応じた。

「その後、通信が途絶えてしまい、敵空母の数を確かめることはできませんでした……」

いかにも頼りない返答に、ケニーは思わず眉をひそめたが、それでも〝空母をふくむ敵艦隊を発見した〟というのだから、急いでこれを攻撃するしかなかった。

戦闘機同士の戦いはまだ続いていた。

舞い上げた爆撃機などは一時南方へ退避させており、その数は四〇機弱となっていたが、あらかじめ爆弾を装備させておいたので、それら味方爆撃機を、敵空母艦隊の攻撃に向かわせようというのであった。

しかし、ひるがえってみれば、爆撃機や攻撃機にあらかじめガソリンや爆弾を搭載していたことがアダとなり、発進の後れた爆撃機などが地上で誘爆を起こして、基地の被害を拡大してしまったのだった。

敵艦隊の攻撃に差し向けようとしている爆撃機などの兵力は実際には三八機だった。B25爆撃機が一八機、A20攻撃機が一二機、それにB24爆撃機八機の計三八機だが、これに撃墜をまぬがれていまだ上空で戦っている一〇機のP38戦闘機を護衛に付けて進撃を命じ、敵空母艦隊に対して一矢《いっし》報いようというのだ。

けれども、第一波の零戦がなおもポートモレスビー上空で粘っており、計四八機の米軍攻撃隊は残存のP40を盾として零戦の追撃を阻《はば》み、敵艦隊上空をめざす必要があった。

司令部から督励を受け、P40も捨て身の覚悟でゼロ戦に喰らい付く。それでも米軍攻撃隊はさらにP38一機とA20二機を失ったが、残る四五機はやっとの思いでゼロ戦の追撃をかわし、北東へ向けて離脱に成功、日本軍機動部隊の上空をめざし進撃を開始した。

第一波の零戦も米軍攻撃隊を深追いするようなことは避けた。まもなく第二波攻撃隊がやって来る。かれらの任務はあくまで、ポートモレスビー上空の制空権を握り続けておくことだった。

こうして日本の艦隊に、反撃の矢を向けたのはよかったが、ケリー司令部はまったく安閑としておられなかった。基地のレーダーがすでに新たな日本軍機の接近をとらえており、午前七時一五分ごろには再び大量の日本軍機が来襲し、飛行場が猛爆撃を受け始めた。

新たに来襲したのはいうまでもなく日本軍の第二波攻撃隊だったが、二度目の空襲が始まるまで三〇分ほどの合間があった。

その間に米軍は懸命になって、破壊された機の残骸を滑走路のソデに除け、なんとか一二機のP40戦闘機を追加で上空へ舞い上げた。

しかし、さしもの米軍といえどもそれが限度で機体の大きなP38戦闘機を追加で離陸させることはできなかった。

しかも、先に舞い上がっていたP40などは、ゼロ戦との一時間にわたる死闘の末に六〇機以上を失って、もはやその機数を一〇機にまで減らしていた。撃墜をまぬがれたP38は九機とも攻撃隊に随伴して敵艦隊上空をめざしており、追加で発進した一二機を加えても基地上空を護る米軍戦闘機は今や、P40二二機のみとなっていた。

そこへ、活きのよい第二波攻撃隊の零戦四八機が突入して来たのだから米軍戦闘機隊はたまらない。零戦は二機で一機のP40を相手にするだけでよく、第二波攻撃隊もまた、たちまちポートモレスビー上空の制空権を奪取した。

零戦の支援を受け、艦爆や艦攻が再びわがもの顔で基地上空を飛びまわる。日の丸飛行隊はいまだ飛べそうな敵機や格納庫、兵舎などにも容赦なく爆撃を加え、ポートモレスビーのあらゆる米軍施設を蹂躙《じゅうりん》してゆく。

日本軍機が管制塔や指揮所、司令部にまで爆弾を投下し始めたので、ケリー中将やその幕僚らも一時、司令部から逃れて、防空壕へ退避せざるをえなかった。

結局、日本軍機の空襲はこのあと午前七時五〇分ごろまで続いた。

基地に投じられた爆弾は優に三〇〇発を超えており、弾倉庫なども破壊されて飛行場のいたるところから黒煙が昇っていた。

午前七時五二分にはようやく警報が解かれ、ケリー中将もみずからの眼で、基地の被害状況を確認した。滑走路はどれも穴だらけで、破壊された機の残骸が無数に飛び散り、新設の第五滑走路でも、着陸に失敗した一機のP38戦闘機がはげしく燃え上がっていた。

――かっ、完全にしてやられたっ！　もはや手の付けようがないほどだ……。

あまりの惨状に声を発する者はなく、みながっくりと肩を落として、ケリーに対して不用意に声を掛けて来る者もいない。

「早急に被害状況を調べてもらいたい」とだけ言い残し、ケリーは司令部へ引き揚げた。

まずはこの惨状を、ブリスベンのマッカーサー大将に報告しなければならない。

司令部にも爆弾が命中していたが、かれの部屋にさしたる被害はなかった。

電話は通じており、ケリーは受話器を取ってブナ、ポートモレスビー両基地を合わせて〝四〇〇機ちかくを喪失した〟と報告した。

まさに壊滅的損害だが、いつまでも落胆してばかりはおられない。可及的すみやかに飛行場を立てなおす必要があるし、敵艦隊の攻撃に向かった爆撃機なども収容する必要がある。

ケリーもむろん味方攻撃隊が日本の空母に一矢報いることを期待していたが、午前九時ちかくになってもそれらしい報告は入らなかった。

――せめて一隻でも空母を返り討ちにしてくれたら格好も付くが、ダメだったか……。

実際、特段の戦果はなく、四五機で出撃した米軍攻撃隊は、重装甲空母「白鳳」に至近弾一発をあたえたにすぎなかった。

無理もない。洋上行動中の空母を探し出して攻撃するために、米軍攻撃隊は低い高度で進撃するわけにいかず、日本軍艦艇のレーダー探知をあっさりゆるしてしまった。

事前に一〇〇機を超える零戦が上空へ舞い上がり、自軍艦隊の手前およそ四五海里の上空で、米軍攻撃隊を優位な位置から迎え撃った。

護衛に付いていたＰ38戦闘機はわずか九機でしかなく、群がる零戦の波状攻撃をとても排除することはできなかった。

米軍攻撃隊はＰ38六機を失い、爆撃機などの約半数が撃墜されて、残る半数もその大半が日本軍機動部隊の上空までたどり着けなかった。

それでも一機のB24がかろうじて空母を発見して爆弾を投じたが、零戦に追撃されながらの攻撃は反跳爆撃とならず、高度二〇〇〇メートル付近から投じられたその爆弾は、「白鳳」の左舷およそ四〇〇メートルの海で巨大な水柱を上げ、同艦の乗員を驚かせたのみに終わった。

この日・昼前にはラバウル航空隊も出撃し、ポートモレスビー、ブナ両基地に対してダメ押しの空襲をおこなった。零戦の護衛を受けつつポートモレスビーに対しては一式陸攻およそ七〇機が襲い掛かり、ブナに対しては艦爆、艦攻を合わせて約五〇機が襲い掛かった。

ブナ攻撃後、艦爆、艦攻はまずラエ基地に帰投し、翌日にはラバウルへ舞いもどった。

ラバウルからも空襲を受け、ポートモレスビー航空隊はまさに息の根を止められた。

ケリー中将の第五空軍は、この日・一日だけで四五〇機以上を喪失してしまったのである。

これに対し、小沢、角田両機動部隊は零戦三〇機、艦爆一八機、艦攻一五機の合わせて六三機を失ったにすぎなかった。

4

空母一〇隻を出撃させた真の目的はポートモレスビーを攻略することにある。

一五日・午前八時に小沢機動部隊から〝攻撃成功！〟の一報が入るや、ラバウルから第八艦隊に護られた上陸船団が満を持して出港した。

めざすはブナ沖だ。陸軍二個師団をまずブナへ上陸させて、オーエンスタンレー山脈を越えて進軍し、ポートモレスビーを攻略する。

上陸船団および第八艦隊は、一六日未明・午前五時ごろにダンピール海峡を抜けてソロモン海へ入り、一路ブナ沖をめざして南下し始めた。

これを支援するため、一六日も朝早くにラバウルおよびラエから零戦、陸攻などが出撃し、再度ポートモレスビーを空襲した。

いっぽう、小沢、角田両機動部隊は夜のあいだにサンゴ海へと踏み込み、一六日・早朝から艦載機を放って、クックタウン、ケアンズ、タウンズヴィルなどの米豪軍飛行場を空襲した。

豪北方面のこれら敵飛行場を破壊して、ポートモレスビーに対する敵の航空増援を不可能にしてしまおうというのであった。

実際、豪北方面の飛行場にはおよそ二線級の敵機しか配備されておらず、まったく日本軍機動部隊の敵ではなかった。

小沢、角田両機動部隊は午後からも空襲をくり返し、豪北方面の敵機を一掃した。この日の攻撃で、両機動部隊が失った攻撃機はわずか一二機にとどまった。

後方基地からの支援も得られず、ケリー中将の第五空軍はこれでいよいよ孤立し、ポートモレスビーの米軍航空隊は立ちなおりの機会をすっかり奪われた。

それでも残存の米軍爆撃機が第八艦隊の上空へ現れ、Ｂ24から爆撃を受けて重巡「古鷹」が大破した。しかしラエ基地発進の零戦がそれら敵機を撃退し、上陸船団は一六日・午後晩《おそ》くにブナ沖へ到着。夜のあいだに日本兵が続々とブナに上陸した。二個師団の上陸にまる二日を要するも、一七日には機動部隊が再度、ポートモレスビーを空襲し、ついに米軍航空隊の息の根を止めた。

また、ラバウルやラエからも陸攻や零戦が飛び立ち、ニューギニア島・南東部の米豪軍拠点をしらみつぶしに攻撃した。

そして、四月一八日・夜には二個師団の上陸がおおむね完了し、帝国陸軍は二〇日・正午を期して、いよいよポートモレスビーへの進軍を開始したのである。

陸軍が〝進軍した〟との通報を受け、小沢、角田両機動部隊はサンゴ海を北上し、ガ島の北方海域で重油の補給を開始した。それが二一日・午後のことで、両機動部隊はさらに護衛空母三隻「雲鷹」「冲鷹」「大鷹」とも合流し、二二日の朝には艦載機の補充も受けた。

これにより、両機動部隊の航空兵力は合わせて五六〇機にまで回復し、二二日・夕刻には重油の補給も完了した。

トラック出撃から一週間余りでニューギニア方面の敵機を壊滅させ、豪北方面の敵飛行場も叩きつぶした。同方面の米陸軍航空隊は当面のあいだ機材の補充に苦しむことになるだろう。

作戦行動中、小沢、角田両中将は適宜、索敵機を発進させて洋上を捜索したが、やはり米軍機動部隊が迎撃に現れることはなかった。

それもそのはず。新造のエセックス級空母などはいまだハワイにすら到着しておらず、南太平洋で作戦可能な米空母は二線級のサンガモン級護衛空母三隻でしかなかった。

艦隊用空母一〇隻を擁する日本軍機動部隊と比べると、その兵力はあまりにも弱小で、さしものハルゼー大将もエス島以下の担当地域を守るために、サンガモン級空母や戦艦部隊を温存せざるをえなかった。

そして、第一、第二機動部隊の任務はなおも続く。機材および重油の補給が終わると、小沢中将は部隊の針路をはるか東南東へ執り、角田中将の第二機動部隊もそれに続いた。

ガ島の再奪還には成功したものの、日本軍の補給線はすでに伸びきっていた。

どう考えてもガ島ならびにポートモレスビーが攻勢の終末点であり、それより遠方に在る南太平洋の島々を攻略するという考えは、連合艦隊にはさらさらなかった。

ところが、軍令部は第二段作戦・策定の段階から「米豪遮断作戦」を計画しており、参謀本部も消極的ながらこれに賛成していた。

しかし実際には、ガ島を制圧するまでに五ヵ月もの歳月を要した。

それに連合艦隊司令部が「米豪遮断作戦」に猛反対したため、軍令部もさすがに考えをあらためて譲歩した。

エス島以南の連合軍基地に対して〝機動空襲作戦のみを実施せよ！〟というのだ。

米豪間によこたわるこれら敵島嶼《とうしょ》基地はたしかに米軍の航空補給路になっている。これらを野放しにしておけば、なるほどいずれはソロモン、ニューギニア戦線で米軍の航空優勢をゆるすことになるだろう。

そうなれば、再びガ島に圧力が掛かり、ポートモレスビーの攻略も到底不可能となる。

ガ島とポートモレスビーを押さえておれば、米軍は空母機動部隊を出してこれを奪還するしかなく、基地航空隊同士による消耗戦は避けられるのにちがいなかった。

米・陸海軍機がこぞってポートモレスビーに配備されると、ラバウルが危うくなる。そのため連合艦隊もガ島の確保とポートモレスビーの攻略に同意して、エス島以下の敵島嶼基地に〝機動空襲作戦のみを実施する〟という、軍令部の譲歩案を受け容れることにした。

実際マッカーサー軍は、一九四三年の夏にはニューギニア戦線で一大反転攻勢に撃って出ようとしており、ポートモレスビーにも六本目の滑走路を造成しつつあった。そして、最終的にはポートモレスビーに一〇〇〇機以上もの陸軍機を配備して、ラバウルに航空消耗戦を強いようとしていたのである。

日本軍の作戦開始が六月ごろまでずれ込んでいたとすれば、ポートモレスビーの攻略は、永久に不可能となっていた可能性が高い。

四月中旬に機動部隊を出し、ポートモレスビーを叩いておいたのは正解だった。

5

ハルゼー大将の第三艦隊は〝エス島が狙われているのではないか……〟と考えて同島の守りを厳重に固めていたが、ポートモレスビー空襲の一報を受けて、さしものハルゼーも正直なところ胸をなでおろした。

——こしゃくなジャップめっ！　狙いはポートモレスビーだったか……。

しかし、油断はならない。日本軍機動部隊がサンゴ海へ進入して来ると、ハルゼーはエス島からカタリナ飛行艇を放ってその動向をさぐり続けていた。

そして四月一八日には、そのうちの一機からより詳細な報告が入り、日本軍機動部隊は大型空母五隻、中型空母三隻、軽空母二隻の空母一〇隻を擁することが判明した。

「ポートモレスビーに来襲したジャップの艦載機は優に四〇〇機を超えていたとみられます」

参謀長のブローニング大佐がそう告げると、ハルゼーは〝空母一〇隻！〟という報告にいよいよ確信を持ち、しずかにうなずいてみせた。

そのときにはもう、ニューギニアの味方・陸軍航空隊は壊滅の危機に瀕しており、日本軍がブナに上陸したこともわかっていた。

――ポートモレスビーが危ない！

ハルゼーはそう直感したが、ポートモレスビーがもし陥落すれば、味方はラバウルへ迫るための重要な足掛かりを失うことになる。

陸軍の〝担当戦域だ！〟などと女々しいことは言っておられず、ハルゼーは、独断でもよいから早急に〝援軍を送るべきだ〟と考えた。

けれども、日本軍機動部隊があまりにも強大すぎて、援軍を差し向けようにもそれに適した駒がない。サンガモン級空母三隻では返り討ちに遭うのがあきらかで、さしものハルゼーも出撃命令を思いとどまらざるをえなかった。

ブローニングもむろん護衛空母を出すのに反対したが、それでもなおハルゼーは、ブローニング以下の幕僚に言い渡した。

「護衛空母三隻をやみくもに出すようなことはしない！　が、いつでも出撃できるよう準備だけはととのえさせておけ！」

この命令こそがハルゼーの真骨頂で、これにはブローニングも否応なくうなずいた。

サンガモン級護衛空母や戦艦部隊などはこのとき、エス島の南方に在るエフェテ島のハバナ港へ退避させていた。

敵機動部隊がエス島に来襲する恐れもあり、それより一五〇海里ほど南方に位置するハバナ港に第三艦隊の主力をあらかじめ退避させておいたのだが、日本軍機動部隊は今、ポートモレスビーやオーストラリア北部の攻撃に熱中しており、エス島が空襲にさらされるようなことは、しばらくはなさそうだった。

そこでハルゼーは、艦隊主力にハバナ港からの出港を命じ、よりポートモレスビーに近いエス島の泊地で、即時出撃の準備だけはととのえさせておこうというのであった。

そして数日後、この命令が、あざやかに正鵠《せいこく》を射《い》ることになる。

日本軍機動部隊の動向をさぐるために、エス島の泊地からは、連日にわたってカタリナ飛行艇が索敵に飛び立っていた。

ハルゼー司令部はむろんその動向にしっかり注目していたが、二一日には一機の飛行艇から、敵機動部隊は〝サンゴ海を北上中！〟という報告がまず入り、翌・二二日も終日にわたって三二機の飛行艇を索敵に繰り出すと、この日を境にして日本軍機動部隊は、サンゴ海からすっかりすがたを消していたのであった。

「よし、来た！　鬼の居ぬ間に洗濯だ！」

ハルゼーがそう宣言すると、ブローニングはすぐにピンときた。

日本軍機動部隊がサンゴ海を留守にしているあいだに、サンガモン級空母三隻でポートモレスビーに増援を送ろうというのであった。

「わかりますが、敵機動部隊が反転し、再びサンゴ海に現れぬともかぎりません」

　ブローニングは即座にそう指摘したが、ハルゼーはもう決めていた。

「いや、三空母を必要以上にポートモレスビーへ近づけるようなことはせぬ。その手前二五〇海里付近で発進を命じ、海兵隊機を増援に差し向けたあと、三空母にはただちに反転を命じる！」

　そう宣言するや、ハルゼーは息も継がせず、さらに問いただした。

「最短でいつ、増援を送れる？」

　ブローニングは即答した。

「出港準備はほぼととのっており、明朝（二三日朝）の出撃が可能です。……二五日の昼前に発艦を命じ、おそらく最短で二五日の正午には基地へ着陸させられるでしょう……」

「……ただし、ポートモレスビーの滑走路はひどく破壊されており、基地の受け入れ態勢がととのっているかどうかが問題です」

　ブローニングが続けてそう言及すると、ハルゼーもこれにはうなずくしかなかった。当然ながら滑走路が復旧されていなければ、せっかく援軍に送り出した海兵隊機は着陸できないのだ。

　海兵隊機が基地上空へ到達するまでに滑走路の復旧を終えられるかどうか、これはもう、ポートモレスビーの第五空軍司令部に確認をもとめるしかなかった。

　ハルゼーの意を受け、ブローニングが直々《じきじき》に電話を掛けると、ケニー中将の参謀長であるドナルド・ウィルソン准将が飛び上がらぬばかりにしてよろこんだ。が、かれは一転して、苦しい事情をブローニングに訴えた。

「それは願ってもないことでなにがなんでも滑走路の復旧を急がせますが、一〇〇機を受け入れるとなりますと、整備に三日は必要で、海兵隊機の受け入れを五時間ほど後らせて、二五日の夕刻としていただきたい」

ところがブローニングは、この返答をきわめて遺憾におもった。なぜなら、海兵隊機の発進を後らせると、援軍を送る三空母は二五日の夕刻までサンゴ海ですがたを晒《さら》すことになる。日本軍機動部隊の格好の餌食《えじき》となりかねず、三空母にはなるべく二五日の午前中に、エス島への帰投を命じたかったのだ。

「三隻とも護衛空母ですから速度がおそい。ましてや海兵隊機を出すと、三空母はほぼ丸腰となります。ご要望はわかりますが、それほど長時間にわたって危険に晒すわけにはまいりません」

ブローニングはきっぱりとそう断った。

すると、喉から手が出るほど援軍の欲しいウィルソンは、受話器の向こうでうめき声を上げながらも、泣く泣く譲歩した。

「なるほど、お伺いしたところ私が思っていた以上に危険な任務ですな……。わかりました。でしたら、こちらも総動員で滑走路の復旧を成し遂げます！　午後三時、いや、午後二時には受け入れ態勢をととのえますので、なんとかそのあたりで手を打っていただけないでしょうか？」

午後二時の受け入れということは、陸軍側から三時間の譲歩を引き出したことになる。

ブローニングもさすがにむげには断れず、一度受話器を外してハルゼー大将と相談し、その上でハルゼー司令部は結局、この妥協案を受け容れることにしたのだった。

そしてサンガモン級護衛空母三隻は、駆逐艦六隻を護衛にともなって、二三日の午前九時にエス島泊地から出港した。

めざすポートモレスビーまでの距離は一〇六〇海里ほど。西北西へ向けて速力一六ノットで五〇時間余り航行し続ければ、二五日の正午前にはポートモレスビーの手前（東南東）・約二五〇海里の洋上に到達し、海兵隊機に発進を命じることができるだろう。

母艦からの発進に二〇分ほど掛かるが、正午前に発進を命じれば、海兵隊機はちょうど午後二時ごろにポートモレスビー上空へたどり着くことになる。

ところが、実際には思わぬ横やりが入り、護衛空母三隻による増援作戦は急遽、中止されることになる。

二五日・朝。日の出を迎えた直後から、フィジーとサモアがほぼ同時に、日本軍艦載機の猛攻を受け始めたのだ。

このときフィジー、サモアには、合わせて九〇機ほどの海軍機が配備されていたが、広範囲にわたって索敵が可能なPBY飛行艇などは、すべてエス島に集められていた。

フィジー、サモアでは水上機などで近接哨戒をおこなっていた程度で、それはおもに敵潜水艦の出現に備えてのことだった。

索敵が手薄となっていたところを日本軍機動部隊に狙われて奇襲をゆるしたのだが、奇襲を喰らった最大の責任はハルゼー司令部にあった。後方基地であるフィジーやサモアが〝攻撃されることはないだろう〟と思い込み、エス島に航空兵力を集中させすぎていたのだ。

だが、それはあくまで結果論で、日本軍の攻撃を予期していたハルゼー大将としては、最前線であるエス島に航空兵力の多くを集中せざるをえなかった。そこを、日本軍機動部隊にまんまと出し抜かれたのだ。

奇襲をゆるした代償は大きかった。

小沢中将の第一機動部隊が真っ先にフィジーを空襲し、角田中将の第二機動部隊も時を移さずサモアを空襲したが、米海軍は一挙に八〇機ちかくを失い、両島の飛行場をすっかり破壊され、さらに輸送船九隻を失って、そのなかには大量の陸軍機を載せた航空機輸送艦「キティホーク」もふくまれていた。

空襲時「キティホーク」はサモアのパゴパゴ港で給油を実施しており、ニューカレドニア島まで陸軍機を輸送する途上にあった。

艦内に戦闘機を中心におよそ四〇機を積載しており、それら陸軍機は最終的にポートモレスビーへ配備される予定となっていた。が、九九式艦爆一二機から集中攻撃を受け、「キティホーク」は爆弾五発を喰らって港内で着底、廃艦同然となって機材もすべて失われた。

他の輸送艦が積載していたものや基地機をふくめて、アメリカ陸海軍は一挙に一五〇機ちかくを失い、幕僚から報告を受けたハルゼー大将は驚きのあまり愕然《がくぜん》とした。

——くっ、ジャップに裏を掻かれた！

ほぼ完璧なかたちで奇襲に成功した小沢、角田両機動部隊は二〇機を失ったのみで、ほかに攻撃対象を見いだせず、午前一一時には艦載機の収容を完了して、フィジー、サモア近海を後に西進し始めた。

——次こそエス島が危ないのじゃないかっ!?

　一連の報告を受け、真っ先にそう直感したのが参謀長のブローニングだった。

「ボス！　ポートモレスビーへの増援を即刻中止すべきです！」

　ハルゼーがこれに一瞬、戸惑いの表情を見せると、ブローニングが矢継ぎ早に進言した。

「これは一種の陽動で、ジャップの本当の狙いはエス島にちがいありません！　後方基地との連絡をまず遮断して、エス島を孤立させようというのです！　護衛空母三隻に搭載した海兵隊機は、そもそもエス島を守るための重要な航空兵力で、防衛に絶対欠かせません。これをみすみす手放すのは利敵行為にほかならず、三空母を今すぐ呼びもどすべきです！」

　ブローニングの言うとおりだった。

　ハルゼーも徐々に事態が呑み込め、おもむろにうなずいた。

　それを見てブローニングがさらに続ける。

「たしかにポートモレスビーへ援軍を送ってやる必要はあるでしょうが、それは、エス島の防衛が保障されたあとでなければなりません。……われわれの最大の任務は、エス島を防衛することなのですから……」

　最後にブローニングがつぶやくように言及すると、ハルゼーもそれを認めた。

「わかった。海兵隊機のポートモレスビー派遣は中止する！　だが、第五空軍司令部には〝中止する〟とは言わずに〝一時延期する〟と伝えておきたまえ。敵空母の脅威がエス島に迫りつつあると言えば延期に納得するだろうし、こちらに支援の意思があることは示しておく必要がある」

いかにも要領を得た指示にちがいなく、むろんブローニングはうなずいたのである。

6

エス島泊地から急ぎ発進させていたカタリナ飛行艇の一機が二五日の日没前になってようやく敵艦隊との接触に成功し、日本軍の空母五隻以上がフィジーの北方洋上を〝西進〟している、ということが判明した。

距離はいまだ七〇〇海里ほど離れているが、日本軍機動部隊がエス島をめざしているのはもはや明白だった。

最大の問題は、呼びもどした三隻の護衛空母が間に合うかどうかだが、万一、間に合わないとなれば、呼びもどした意味がない。

時刻は今、エス島・現地時間で午後五時四〇分になろうとしており、あと九分ほどで日没を迎える。明日・二六日の日の出時刻は午前六時一二分だった。

そのことをふまえた上で、ハルゼーが俄然ブローニングに諮《はか》った。

「敵は西進中だ！　ジャップの狙いはやはりエス島にちがいない！　敵機動部隊はいつ、エス島を空襲して来る、と予想する？」

するとブローニングは、すこしだけ考えてから答えた。

「距離はいまだ七〇〇海里ほど離れており、しかも敵は大艦隊です。夜間に三〇ノットで進軍するのは不可能ですから、エス島が敵艦載機から空襲を受けるのは、早くても明日・正午過ぎのことになるでしょう」

ブローニングの言うとおりだった。

日本軍機動部隊は総勢四〇隻を超える大艦隊のため、夜間に二四ノットを超える速力で進軍するのはおよそ不可能だった。

そして、速力二四ノットで進軍して来たと仮定した場合、日の出を迎える午前六時一二分の時点で日本軍機動部隊は三〇五海里ほどしか前進しておらず、エス島までの距離はなおも三九〇海里ほど残されている。そのため、さしもの日本軍艦載機といえども航続距離が足りない。

エス島に艦載機で攻撃を仕掛けるには、さらに一〇〇海里以上は前進する必要があり、ブローニングは二六日・午後からの攻撃になるだろう、と予想したのであった。

「それで、呼びもどした、わが三空母は間に合うかね？」

ハルゼーが矢継ぎ早にそう訊くと、ブローニングは即座に断言してみせた。

「間に合います！」

しかし、サンガモン級空母は鈍足で、最大でも一八ノット程度の速力しか出せない。

「……本当か？」

ハルゼーが首をかしげながら問いただすと、ブローニングはまたしても言い切った。

「本日・午後五時三〇分の時点で、三空母はエス島の西北西およそ五五〇海里の洋上までもどって来ております」

これは本当だった。

二五日の朝、フィジー、サモアが空襲を受けた午前六時（エス島時間、フィジー現地時間では午前七時）の時点で、三空母はエス島の西北西・約七二〇海里の洋上まで前進していた。

そして、およそ一時間後に司令部の反転命令を受け、三空母は午前七時には速力一八ノットでもどり始めたが、反転を開始した時点で、三空母はすでにエス島の西北西・約七三六海里の洋上まで前進してしまっていた。

けれども、その後は一八ノットでたっぷり一〇時間半ほど東進し続け、二五日・午後五時三〇分の時点で三空母は、ブローニングが言うようにエス島の西北西・約五五〇海里の洋上までもどっていたのであった。

だが、いまだ五〇〇海里以上の距離がある。間に合うとは信じがたいハルゼーは、さらに問いただした。

「で、敵艦載機がエス島に攻撃を仕掛けて来るであろう、明日・正午過ぎの時点で、わが三空母ははたしてどこまでもどっておる」

「それは、さらに一八時間と三〇分後のことですから、一八ノット×一八・五時間後で三三三海里ほど三空母は前進し、五五〇海里から三三三海里を引き算して二一七海里となりますが、まあ、エス島までの残る距離は、およそ二二〇海里としておきましょう」

すると、ハルゼーはこれを聞いて、俄然ブローニングに噛みついた。

「なにっ、二二〇海里だとっ⁉ ……敵は東から来るんだぞ！ 西北西へ二〇〇海里以上も離れておるようでは、三空母は全然、間に合わんじゃないかっ！」

実際そのとおりで、ハルゼーが怒るのも無理はなかった。

ところがブローニングは、話をはぐらかすようにして反対に質問した。

「ボス。では、お訊きしますが、敵は、午後からエス島を空襲して、その日・半日だけの攻撃であっさり引き揚げてくれるでしょうか？」

人を喰ったような質問だ。ほかの者が相手ならハルゼーはまったく取り合わないところだが、信頼するブローニングがそう訊くのだから、ハルゼーはぐっとこらえて、これに応じた。

「そりゃ、こしゃくなジャップは、一度きりの攻撃では飽き足らず、翌朝も執拗に艦載機を放って攻撃して来るだろう」

「そうです。午後からの攻撃だけで引き揚げてくれるなら儲けもの、被害を局限できます。パールハーバーでは奇襲を喰らいましたが、敵がエス島に奇襲を仕掛けるのはもはや不可能です。……今回はミッドウェイとよく似た経過をたどることになるでしょう」

「……なるほど」

ハルゼーがうなずいたのを見て、ブローニングが続ける。

「エス島には一五〇機ちかくの戦闘機が配備されております。いや、三空母搭載のワイルドキャットもふくめますと、味方戦闘機は全部で二〇〇機ちかくにもなります。これらをすべて舞い上げて迎え撃てば、敵は二六日・午後からの攻撃だけでは満足な結果を得られず、ミッドウェイ戦時と同様に〝第二次攻撃が必要〟と考えて必ず二七日もエス島を空襲して来るでしょう」

すると、これを聴いてハルゼーはにわかに腑《ふ》に落ちた。

「なるほど。戦闘機による迎撃で二六日は徹底的に凌《しの》ぎ、二七日まで決着を持ち越せば、三空母も充分、間に合うというのだな……」

「おっしゃるとおりです。残る距離は二二〇海里ほどです。三空母は日付けが変わった二七日の未明・午前一時までに必ず入港し、夜明けを迎えるまでに海兵隊機も基地に配備できます」

「ああ、それはそのとおりだろう。しかし護衛空母搭載のワイルドキャットは、やはり明日は間に合わず、基地配備の戦闘機だけで敵の空襲を凌ぐことになる」

ハルゼーの言うとおりだが、ブローニングは目をほそめ、これをやんわりと否定した。

「普通に考えればそうですが、幸いエス島配備のPBYは三〇機を超えております。これを駆使して敵機動部隊との接触を保ち、敵空母がエス島へ向けて攻撃隊を放ったとみるや、三空母からもワイルドキャットを発進させてエス島上空の応援に来させます」

これを聴いてハルゼーはすっかり納得した。

ハルゼー自身がこれだけ警戒している以上、日本軍機動部隊がエス島に奇襲を仕掛けるのは断じて不可能だし、カタリナ飛行艇で敵との接触を続ければ、二六日中に三空母搭載のワイルドキャットを戦いに参加させるのは、それほどむつかしいことではなかった。

「よし、わかった！　二六日は三空母搭載のワイルドキャットもふくめて迎撃に徹し、二七日には基地の陸海軍機や三空母の攻撃機も加えて一気に反撃に転じてやろう！」

三空母搭載の海兵隊機一〇八機を除いても、エス島の航空基地には、二五〇機余りの陸海軍機が配備されている。マッカーサー司令部もさすがに重爆撃機の供出は渋ったが、P38、B25といった双発の陸軍機はエス島にも配備されていた。

そして防衛の必要上、これら陸軍機もふくめてエス島航空隊は海軍のマーク・A・ミッチャー少将が統一して指揮を執ることになっており、ミッチャーは長距離飛行が可能なP38戦闘機に、とくに注目していたのだった。

――これでなんとか〝ヤマモト〟を殺せないだろうか……。

それは無理な相談だとしても、三空母搭載の海兵隊機も戦いに参加させられるとなれば、日本軍機動部隊に痛撃を加えられる可能性が充分に出てくる。ブローニングの説明を聴いて、ハルゼーは俄然闘志満々となってきたが、二人の話し合いはこれで終わりではなかった。

ハルゼー大将がしきりにうなずいている。それを見て、ブローニングがまたもやふしぎなことを言い始めた。

「ところでボス、明日の空襲は徹底して凌ぎますが、滑走路がどの程度破壊されるか、こればかりはわかりません。すべて破壊されるようなことは決してないでしょうが、使える滑走路が敵の空襲で減殺されますと、三空母の海兵隊機をすべて受け容れるのも一苦労です」

「ああ、その可能性はあるな……」

「そこでどうでしょう。せっかく洋上に〝三つの滑走路〟が在るのですから、海兵隊機は基地へもどさずにそのまま使うという手もあります」

すると、これを聴いてハルゼーはすぐにピンときた。

「なるほど……、ミッドウェイ戦と同じように三空母でひそかに待ち伏せし、ジャップ機動部隊に対して、逆に横やりの奇襲攻撃を仕掛けてやろうというのだな？」

「はい。ただし、三隻は護衛空母ですから、いかにも機動力に欠けます。……海兵隊機は三空母艦上から直接攻撃に出しますが、その収容は基地でおこないます。そして三空母は、攻撃隊の発進が終わり次第、ニューカレドニア島へ向けて全速で退避させましょう」

これにはハルゼーが、膝を打って歓喜した。

「ガハハハハッ！　じつに妙案だ！　そうすれば滑走路の傷み具合をさほど気にせずに済む。海兵隊機を三空母から出せば、二七日・朝の混乱も避けられるだろう。よし、決まった！　二六日は迎撃に徹し、二七日に全機をはたいて一気に反撃に転じる。ミッチャーにも二六日の攻撃は自重するように言いきかせておこう」

ブローニングもむろんうなずき、第三艦隊の迎撃方針はすっかり決まったのである。

7

小沢、角田両機動部隊の狙いはやはりエス島を空襲することにあった。

両機動部隊は、夜間は進軍速度を二〇ノットに低下させたが、日の出を迎えると二四ノットに速度を上げ、ほぼブローニングの読みどおりに軍を進めて来た。

そして四月二六日・正午の時点で、小沢、角田両機動部隊はエス島の東（微北）およそ三〇〇海里の洋上まで軍を進め、そこからまず一五機の二式艦偵を索敵に出した。

南東を中心とした扇型の索敵網を展開し、各艦偵は一〇度ずつの捜索範囲を受け持ち、三五〇海里の距離を進出してゆく。

むろん米空母の有無を確かめるためだが、その目的はもうひとつあった。

捕虜への尋問などで、米海軍の戦艦や空母などがエフェテ島の〝ハバナ港を根城にしている〟ということを突き止め、もし港内にそれら米艦艇が碇泊しておれば、一気に速度を上げてエフェテ島へと迫り、雷撃機主体の編成で戦艦などを血祭りに上げてやろうというのであった。

けれども、米軍もそう甘くはなかった。ハルゼー大将はむろん空襲を予期しており、戦艦や空母はおろか、輸送船などもことごとくニューカレドニア方面へ退避させており、ハバナ港はすっかりもぬけの殻となっていた。

いや、午後一時半過ぎにはすべての艦偵が索敵線の先端に達したが、ハバナ港のみならず、エス島泊地からもめぼしい獲物が消えていた。

もはやこうなれば、エス島の米軍飛行場を攻撃するしかない。二式艦偵のうちの一機は、じつはサンガモン級空母三隻の手前およそ一四〇海里の上空まで飛んでいたが、三空母を見つけ出すことは到底できなかった。

そして、すべての艦偵が索敵線の先端に達した午後一時三五分の時点で、小沢、角田両機動部隊はエス島の東北東・約二六五海里の洋上まで軍を進めていたが、索敵があえなく空振りに終わったと知るや、両中将はエス島を空襲せずに、針路をにわかに東へ取って返し、機動部隊をエス島から遠ざけ始めたのだった。

「朝から頻繁に敵飛行艇が上空に現れ、接触し続けております。エス島から米軍攻撃隊が来襲するのは必定。ここは一旦東方へ退き、本日は迎撃に徹して、明朝の攻撃に賭けましょう」

第一機動部隊参謀長の山田少将がそう進言すると、小沢中将はこれにうなずき、角田中将もこの方針を是《ぜ》とした。

エス島攻撃を断念したのは一見、消極的に思えるかもしれないが、これはきわめて妥当な判断にちがいなかった。

エス島に攻撃隊を出せば多くの戦闘機を手放すことになる。そうすれば艦隊上空の護りが手薄になるし、米軍は朝から、小沢、角田両機動部隊の位置を正確に把握し続けていた。

それを明朝の攻撃に変更すれば、戦いは夜を迎えて仕切りなおしとなり、米軍飛行艇は夜が明けてから日本軍機動部隊を再度探し出さなければならない。そうなれば洋上を動きまわれる機動部隊のほうが断然有利で、エス島の敵飛行場は決して動かないのであった。


日本側は奇襲を期待できるが、米側はまず日本の空母を見つけ出す必要がある。

ただし、夜を迎えるまでにエス島の米軍爆撃機が大挙して来襲する恐れがあるため、小沢、角田両機動部隊は二五〇機以上の零戦を温存、艦上で待機させていたが、結局、日没を迎えても敵機が上空へやって来ることはなかった。

それもそのはず。エス島航空隊をあずかるミッチャー少将は、二六日の攻撃を自重するようハルゼー大将の艦隊司令部から事前に言い渡されていたし、日本軍機動部隊が高速で俄然、エス島から遠ざかり始めた。それを追い掛けるようにして攻撃隊を出しても攻撃距離が四〇〇海里ちかくに及び、海軍機はまったく攻撃に出せず、大量の敵戦闘機から〝反撃を喰らうのがオチだろう……〟と考えたのだった。

双方の思惑が妙なかたちで一致し、二六日は戦いが起こらず仕切りなおしとなった。

そして、サンガモン級護衛空母三隻は、夜のあいだにエス島の西北西およそ五〇海里の洋上まで軍を進めていた。

いっぽう小沢、角田両機動部隊は、一旦エス島の東北東およそ四三〇海里の洋上まで軍を退けていたが、午後九時に反転、速力二四ノットで再び西進し始めて、翌二七日・午前四時三〇分の時点で同島の東二五〇海里の洋上まで軍を進めていたのであった。

二七日の日の出時刻はエス島現地時間で午前六時一二分。午前五時四〇分ごろに空が白み始めるが、周囲はまだ暗い。

昨日、米軍攻撃隊が来襲しなかったので拍子抜けしたが、敵に情けを掛ける必要はない。

小沢、角田両中将は、第一波攻撃隊を薄明前に発進させて、日の出と同時にエス島の敵飛行場を叩きのめそうとしていた。

攻撃隊の準備はすでにととのっている。その兵力は優に二〇〇機を超えており、第一波には、零戦一〇八機、艦爆七八機、艦攻六九機の合わせて二五五機が準備された。

味方空母群はいまだ敵飛行艇の接触をゆるしていない。時計の針が四時三〇分を指すと、両中将は躊躇なく第一波攻撃隊に出撃を命じ、その全機が午前四時四五分までに上空へ舞い上がった。

第一波は午前六時三〇分ごろにエス島上空へ到達するはずだが、敵の反撃をゆるす前に、攻撃をたたみ掛ける必要がある。軽空母を除く空母八隻の艦上には、続いて第二波の攻撃機が続々と並べられていった。

その準備も午前五時三〇分にはととのった。

いまだ空は明けやらぬが、第二波攻撃隊の零戦が飛び立つや、上空ではほどなくして薄明となるはずだ。

第二波攻撃隊の兵力は、零戦四五機、艦爆五七機、艦攻六六機の計一六八機。

両中将が再び出撃を命じると、第二波攻撃隊もまた、午前五時四二分には発進を完了した。

最後の艦攻が旗艦「大鳳」から助走を開始すると、それを待っていたかのようにして、空が白み始めてきた。

そして両中将は、抜かりなく一〇二機の零戦を艦隊の護りに残しておいたが、まったく〝油断がなかった〟といえば、それはウソになる。小沢中将は続いて二式艦偵九機を索敵に出したが、残る六機を出し惜しみした。

その結果、索敵線がニューカレドニア島方面に片寄ってしまい、西北西方面の索敵がおろそかになってしまったのである。

8

海軍の飛行艇は、陸軍機とちがって洋上飛行に慣れている。昨日まで味方飛行艇が接触を保っていた意義は大きく、敵機動部隊は〝さほど大きく移動していないだろう〟と考えたミッチャー少将は、二七日の午前四時三〇分を期して一六機のカタリナ飛行艇に発進を命じていた。

とくに東方へ向けて発進してゆく飛行艇にはベテランのパイロットを当てたが、その一機から待ち望んでいた報告が入ったのは午前五時三九分のことだった。

『敵機多数がエス島の方角へ向かう！　注意されたし！』

同機は日本軍・第一波攻撃隊と上空ですれ違ったのだが、敵がエス島へ向けて攻撃隊を放ったのはもはやあきらかだった。

空襲を予期していたミッチャーは、事前に各飛行場と連絡を取って、エス島航空隊の全機に即時発進の態勢を執らせていた。

そして今、かれの読みどおり一機の飛行艇から通報が入り、敵機〝来襲〟を確信したミッチャーは、それら全機に発進を命じた。戦闘機だけでなく爆撃機なども上空へ退避させておくのだ。

すでに全飛行兵が起床し、待機中の陸海軍機はガソリンや爆弾なども装備していたが、一九四三年四月のこの時点で、エス島には三つの飛行場が完成していた。

海軍のタートル湾飛行場、それに陸軍のペコア飛行場とパルリクロ湾飛行場の三ヵ所だが、ほかにも島・南東部のジャングルを切り開いて第四のルーガンヴィル飛行場を建設中だったが、こちらの完成は七月の予定となっていた。

最初に造られたタートル湾飛行場には滑走路が二つ在り、ミッチャーが発進を命じるや、エス島配備の陸海軍機は、四つの滑走路を使って続々と離陸し始めた。

飛行艇が報告してきた時点で、日本軍機の大群はエス島の東・約一二四海里の上空まで近づいていた。航空参謀が午前六時三〇分過ぎに基地上空へ進入して来ると進言したため、残された時間はあと四五分余りしかなかった。まさに時間との戦いだが、このとき三つの飛行場には全部で二五二機の陸海軍機が配備されていた。

海軍機がF4F戦闘機六〇機、SBD急降下爆撃機二四機、TBF雷撃機二四機の計一〇八機。そして、陸軍機がP40戦闘機四八機、P38戦闘機三六機、A20攻撃機二四機、B25爆撃機三六機の計一四四機で、合わせて二五二機だ。

海軍機の発進はおよそ問題なかった。

問題は陸軍機だが、とくにP38戦闘機とB25爆撃機を離陸させるペコア飛行場からの発進が危ぶまれ、全七二機を舞い上げるのに五〇分ちかくを要すると思われた。まさにぎりぎりだが、日本軍攻撃隊は刻一刻と近づきつつある。

やがて基地のレーダーもそれをとらえ始め、来襲しつつある日本軍機は、優に二〇〇機を超えることがわかった。

これを迎え撃つため、各飛行場は当然、戦闘機の発進を優先した。

戦闘機による迎撃で日本軍攻撃隊にすこしでも足止めを喰らわせようというのだが、午前六時五分にはP38もふくめて全戦闘機が滑走路を蹴って飛び立った。

報告を受けてまずはミッチャーも〝よし！〟とうなずく。先行して舞い上がったP40とF4Fあわせて五〇機ほどもしっかり高度を確保して、すでに迎撃に向かいつつある。

そして午前六時二〇分には、エス島の手前・約三五海里の上空で空戦がいよいよ始まったが、日本軍攻撃隊には一〇〇機以上のゼロ戦が随伴しているようで、やはりその進軍を完全に喰い止めることはできなかった。

先発したP40やF4Fはことのほか苦戦を強いられている。が、その果敢な突入のおかげで数分は敵攻撃隊の進入を後らせることができた。

午前六時三二分。ペコア飛行場からついに、最後のB25が飛び立ち、その知らせを聞いてミッチャーもいよいよ大きくうなずいた。

実際に、空母「ホーネット」艦長としてミッドウェイ戦を経験していた、ミッチャーの采配には際立ったものがあり、ケニー司令部のそれとはひと味もふた味もちがった。

そして敵をよく知るミッチャーは、P38戦闘機を〝迎撃に使う〟という考えを、もはやかなぐり捨てていた。

陸軍のA20やB25はもちろん、海軍のSBDやTBFなどの攻撃機は一旦西方へ退避させ、P38でがっちりと護らせている。

P38以下のこれら陸海軍機をむろん敵機動部隊の攻撃に差し向けようというのだが、残念ながら敵空母発見の報告はまだ入っていなかった。


やがて後発したP40、F4Fも高度の確保に成功し、戦闘機同士の戦いは混沌とし始めたが、先発したものはすでに約二〇機を失っており、数でゼロ戦を上まわることはできなかった。

午前六時三五分。F4Fなどの迎撃をかわした日本軍の艦爆や艦攻がついに各飛行場へ襲い掛かり、容赦なく爆弾を投下し始めた。

味方迎撃戦闘機隊がそれら敵爆撃機の数機を撃墜したが、それでもなお日本軍攻撃隊には一四〇機ほどの攻撃機が残されていた。

日本軍機の士気は高く、爆弾が次々と命中、滑走路がことごとく蹂躙されてゆく。

「しっ、司令官！　やはりP38にも迎撃を命じるべきではありませんかっ！」

危機感を募らせた航空参謀がたまらず進言したが、ミッチャーの意志は岩のように固かった。

「われわれの使命は敵空母を一隻でも多く撃破することだ！　余計な口出しはするな！」

ミッチャーはもとより、味方飛行場を〝盾〟として使う、覚悟を決めていたのだった。

――くそっ、こしゃくなジャップめっ！　しかしここが我慢のしどころだ！

ミッチャー自身も内心気が気でなかったが、そこへ、喉から手が出るほど欲しがっていた報告がついに飛び込んで来た。

「司令官！　先の飛行艇が〝空母をふくむ敵艦隊を発見した！〟と報じております。エス島の真東およそ二四〇海里です！」

通信参謀は〝敵空母の数は不明です！〟とすぐに付け加えたが、ミッチャーにはこれで充分だった。敵攻撃隊も東から来襲した。来襲した敵機は二五〇機を下らない。


おそらく一〇隻ちかくの空母を擁する日本軍の大艦隊が、エス島の東二五〇海里付近で行動しているのにちがいなかった。

ミッチャーはその発見位置を、大至急、洋上の三空母にも知らせるように命じた。

いうまでもなく護衛空母「サンガモン」「シェナンゴ」「サンティー」の三隻である。

もちろんそれだけではない。西方上空に退避させておいた陸海軍機に対し、ミッチャーは即座に進撃を命じ、敵艦隊の攻撃に差し向けた。

ミッチャーが一連の命令を発したのが午前六時三九分のこと。すると、その数分後に先の飛行艇が第二の報告をおこない、日本軍機動部隊は大きく二群に分かれて行動し、計八隻以上の敵空母がエス島の東方洋上で作戦している、ということが判明した。

軽空母「龍鳳」「瑞鳳」は東へすこし後れて航行していたため、同飛行艇は二隻を見落としたのだが、殊勲の同機もまた身を挺して任務を遂行したのにちがいなく、直後に音信不通となってミッチャーはとっさに目を瞑《つむ》り、脱いだクシャクシャの帽子を胸へ押し当てた。

――ゼロに喰われたかっ、済まん！

その犠牲をムダにせぬためにも、日本の空母をぜひとも撃破しなければならない。

攻撃兵力は、P38三六機、A20二四機、B25三六機、SBD二四機、TBF二四機の計一四四機だ。これに、護衛空母から発進するF4F四八機、SBD二四機、TBF三六機の計一〇八機を加えると、全部で二五二機にもなる。

陸軍のA20攻撃機とB25爆撃機はいずれも一〇〇〇ポンド爆弾一発ずつを装備している。

そして航続距離を延ばすために、海軍のSBDは五〇〇ポンド爆弾を装備し、TBFは魚雷を装備せずに一〇〇〇ポンド（およそ四五四キログラム）爆弾を装備していた。

SBDに一〇〇〇ポンド爆弾、TBFに魚雷を装備させると、攻撃半径が二〇〇海里程度にまで低下する。ミッチャー少将は、日本の空母がエス島の二〇〇海里圏内に踏み込んで来るようなことは〝まずないだろう……〟と予想し、あらかじめこの兵装で待機させておいた。

SBDは敵空母に対して急降下爆撃を仕掛けるが、TBFや陸軍機はスキップ・ボミング（反跳爆撃）で敵空母を攻撃する。

ミッチャー少将の命令を受け、基地発進の米軍攻撃隊はいよいよ進撃を開始したが、かれらには厄介な障害が待ち受けていた。

エス島上空では戦闘機同士の戦いがなおも続いている。かれらが東進してゆくには空戦場を迂回しつつ、ゼロ戦の〝カベ〟を突破しなければならなかった。

しかし、数でF4FやP40を圧倒している零戦は獲物に飢えていた。零戦はF4Fなどを手玉に取り始めており、三〇機ほどがもはや手持ちぶさたとなっていた。そこへ、米軍攻撃隊がのこのこやって来たのだから、手透きの零戦は争うようにしてP38などに喰らい付いた。

エス島上空をあまり大きく迂回すると、ガソリンを浪費するし、編隊がバラバラになる。陸海軍混成の部隊だから連携も欠いていた。

はたして、ゼロ戦の追撃は一〇分ちかくにも及び、かれらが空戦場から抜け出したとき、その兵力は一二一機となっていた。

基地発進の米軍攻撃隊は本格的な進撃を開始する前に、P38八機、SBD六機、TBF九機の計二三機を戦力外にされた。このうちの一一機は撃墜をまぬがれていたが、ガソリンタンクやエンジンなどに銃弾を喰らい、進撃を断念せざるをえなかったのだ。

P38の群れと離れて飛んでいた海軍機に被害が集中していた。

いっぽう、サンガモン級護衛空母三隻は予定どおり、エス島の西北西およそ五〇海里の洋上から攻撃隊を発進させた。あまりエス島に近づきすぎると、三空母が日本軍・第一波攻撃隊から空襲を受ける恐れがあった。

護衛空母は低速のため攻撃隊の発進に二五分を要したが、午前七時五分には全一〇八機が発進を完了したのである。

舞い上がった味方攻撃機が東の空へ次々と吸い込まれてゆく。それを見届けながらニューカレドニア方面へ針路を執り、護衛空母三隻は、やがてエス島近海から離脱して行った。

9

第一機動部隊の旗艦・装甲空母「大鳳」のレーダーが最初に米軍攻撃隊を探知したのは午前七時三八分のことだった。

「敵機編隊が接近中！　あと三〇分ほどで上空へ進入して来ます！」

このとき第一、第二機動部隊の上空ではそれぞれ零戦九機ずつが直掩《ちょくえん》に就いていたが、敵攻撃隊接近の報告を受け、小沢、角田両中将はただちに全戦闘機に発進を命じた。

身軽な零戦の発進はじつに素早い。艦上待機中の八四機が一斉に飛び立ち、わずか五分で上空へ舞い上がった。

かたや、すでに上空直掩に就いていた一八機の零戦は、一旦「玄鳳」と「飛龍」へ舞い下り、ガソリンを補充してから午前八時に再び上空へ舞い上がった。

これら零戦九機ずつはそれぞれ空母群・直上の護りに就かせることにしたのだ。

それと前後して、午前七時五五分には第一機動部隊の手前・約四〇海里の上空で早くも空中戦が始まった。

日本軍艦隊の上空へ真っ先に近づいて来たのはエス島基地から飛び立ったＰ38二八機、そしてそれに護られたＡ20二四機とＢ25三六機の計八八機だった。

これら陸軍機は巡航速度が速く、海軍機との差があり過ぎた。海軍機が時速一三〇ノット前後でしか飛べないのに対して、P38以下の陸軍機はいずれも、時速一八〇ノット以上の巡航速度で飛ぶことができた。

海軍機に合わせているといかにも効率が悪いため、陸軍機が敵上空へ先行し、P38の粘りに期待して、ゼロ戦の迎撃網を突破してやろう、というのであった。

ミッチャー少将のこの発想はよかったが、エスプリトゥサント島上空の空戦で八機のP38が落伍してしまい、それがどうにも痛かった。

迎撃に現れたゼロ戦は味方のちょうど三倍の兵力を有しており、衆寡敵《しゅうかてき》せず、さしものP38も苦戦を余儀なくされた。二八対八四という戦力差はあまりに大きかった。

ゼロ戦三〇機ほどが威嚇《いかく》射撃をおこない、常に牽制して来るのでP38はこれを捨て置くことができない。どうしても相手にせざるを得ず、その隙を突いて別のゼロ戦がA20やB25に対して、つぎから次へと襲い掛かって来る。

それでも米爆撃機群は頑丈な機体の防御力を頼みとし、密集隊形を採って歯を喰いしばっていたが、くしの歯が抜け落ちるようにして〝一機また一機〟と落伍するものが出始め、その数を確実に減らしていった。

日本軍艦隊のすがたはまだ見えない。

レーダーのなかった「ミッドウェイ海戦」とはちがい、零戦は、自軍艦隊のかなり手前で攻撃を仕掛けることができ、また、数でも敵を圧倒していたので、その運動性能を遺憾なく発揮することができた。

零戦は、落伍し始めた敵機を決して深追いしない。そのため撃墜数は限られたが、二〇分ちかくに及ぶ戦闘で、Ｐ38六機と米軍爆撃機一二機を撃墜し、さらにＰ38二機と二五機以上の敵爆撃機を退散させることに成功した。

その間に、洋上をゆく空母一〇隻は二五ノット以上の高速で疾走し続け、東へ七海里ほど距離を稼いでいた。

米軍攻撃隊の進出距離は結局、二五〇海里ほどに及び、零戦の迎撃網を突破することのできた米軍爆撃機は、Ａ20八機とＢ25一三機の計二一機でしかなかった。

このとき、より西で行動していたのは第一機動部隊のほうだった。二一機の米軍爆撃機は当然、大鳳型空母三隻に狙いを定めたが、その直上ではなおも一八機の零戦が護りに就いていた。

第一、第二機動部隊の距離は五海里ほどしか離れておらず、角田中将は当然、「飛龍」から発進した零戦九機を第一機動部隊の応援に差し向けたのだった。

――ちっ、まだゼロがいたかっ！

大鳳型空母は大きな獲物にちがいなく、三空母を視界にとらえたのはよかったが、二一機に乗る米軍パイロットは、みな、新たなゼロ戦の出現に落胆せざるをえなかった。

そして、零戦一八機に追撃されながらの攻撃はどうしても及び腰となり、米軍爆撃機の投じた爆弾は、狙う空母の舷側をなかなかとらえることができなかった。が、まぐれ当たりというものがやはりあり、零戦の攻撃をすり抜けた一機のＢ25が二番艦「白鳳」の左舷舷側へ、ついに爆弾一発をねじ込んだ。

装甲空母「白鳳」の舷側から大きな水しぶきが飛び散る。

命中したのは一〇〇〇ポンド爆弾だった。

みなが〝どうなることかっ……〟と、「白鳳」の様子をうかがっていたが、同艦はなにごともなかったかのようにしてその後も悠々と航行し続けていた。

それもそのはず。大鳳型空母の舷側には最低でも五五ミリ（最大一六五ミリ）の装甲が施されており、これを完全にうち破るにはやはり魚雷攻撃が必要だった。

「白鳳」は左舷・ほぼ中央の舷側に亀裂を生じたにすぎず、艦長の朝倉豊次《ぶんじ》大佐が〝出し得る速度三〇ノット！〟と「大鳳」へ報じて来ると、幕僚はみな「おう！」と声を上げ、小沢中将も表情をゆるめて〝よし〟とうなずいた。


時刻は午前八時三五分になろうとしている。米軍爆撃機は一旦上空からすべて飛び去ったが、まったく油断はならなかった。

エス島基地から発進したSBDとTBFの群れが、遅ればせながら近くまで迫っており、零戦は休む間もなくそれら敵機を迎え撃った。

直掩隊の零戦は一八機とも健在だが、迎撃隊の零戦はその数を六八機に減らしていた。

残存のP38二〇機はなおも空戦場で粘っていたが、続いてやって来たSBD一八機とTBF一五機を援護するような余裕はとてもなかった。

迎撃隊の零戦四〇機余りが新手の米軍機に次々と襲い掛かる。

一部の零戦はすでに二〇ミリ弾を撃ち尽くしていたが、それでも一〇分ほどの戦闘で一五機以上の敵機を撃退し、さらに一二機を撃墜した。

空母群上空への進入に成功したのはＳＢＤ三機とＴＢＦ二機にすぎず、それら五機の米海軍機も直掩隊の零戦から追い撃ちを受け、さらに三機が撃墜されて空母への投弾に成功したものは一機もなかった。

基地発進の米海軍機は、戦艦「霧島」のはるか手前の海へ爆弾を投げ込んだにすぎなかった。

この時点で帝国海軍は、装甲空母「白鳳」が中破に満たない損害を受けたのみで、その他の艦に被害は一切なかった。「白鳳」ももちろん戦闘力を維持している。

時刻は午前八時五〇分になろうとしており、敵の空襲は一旦途切れた。ちょうどそこへ第一波の攻撃機が続々と舞いもどり、一〇隻の母艦は再び西進しながら帰投機を収容、午前九時一五分にはその作業を完了した。

しかし、まったく安心してはおられない。

艦隊の西北西上空にはさらなる敵機群がすでに来襲しており、零戦は続けざまにそれら敵機と戦う必要があった。第一波攻撃隊の収容を優先せざるをえず、零戦を一旦艦上へ降ろすことができなかったのだ。

三たび来襲したのは、いうまでもなくサンガモン級護衛空母三隻から発進していた海兵隊機だった。それら海兵隊機の進出距離はもはや二九〇海里を超えていたが、途中で落伍したものは一機もなかった。その兵力はＳＢＤ二四機とＴＢＦ三六機の計六〇機。それら六〇機が四八機のＦ４Ｆに護られていた。

迎撃隊の零戦はさらに六機を失い、この時点で六二機となっていた。しかも、その多くがすでに二〇ミリ弾を撃ち尽くしていた。

滞空時間はすっかり一時間を超えている。

迎撃戦のため、航続力に優れる零戦がガス欠を起こすようなことはさすがになかったが、銃弾を補充できないのが痛かった。

空母一〇隻はもう一度東進し始め、すこしでも距離を稼ごうとしている。

零戦はいずれも三三型か五四型で、残る一三ミリをしゃにむにぶっ放し、捨て身の覚悟で新手の敵機群を迎え撃った。

しかし、米軍攻撃隊には四八機のグラマンが護衛に張り付いており、その制約を受けずにＳＢＤやＴＢＦへ襲い掛かることのできた零戦は一五機ほどにとどまった。

味方空母群までの距離はすでに三〇海里を切っている。さしもの零戦も三度ほど攻撃を仕掛けるのが精いっぱいだった。


空戦のあいだに機動部隊が東進しており、零戦による波状攻撃は一五分ちかくに及んだが、その間に撃墜することのできた敵攻撃機は、ＳＢＤ六機とＴＢＦ四機のわずか一〇機にとどまった。いや、ほかにもＳＢＤ、ＴＢＦを合わせて一一機を退散させていたが、その迎撃網を突破した米軍攻撃機はＳＢＤ一五機、ＴＢＦ二四機の計三九機をかぞえた。

米軍パイロットはみな、眼下の洋上に狙う空母のすがたをきっちりととらえている。かれらは早くも標的の選別に掛かっていたが、その上空でも一八機のゼロ戦が待ち構えていた。

直衛隊の零戦は二〇ミリ弾を少なからず残していた。それら零戦から急襲を受け、さらにＳＢＤ四機とＴＢＦ六機が深手を負い、半数が撃墜されて残る半数も退散を余儀なくされた。

しかし直衛隊の零戦も一撃を仕掛けるのが限度で、ＳＢＤ一一機とＴＢＦ一八機を撃ちもらしてしまった。

狙われたのはまたしても第一航空戦隊の装甲空母「大鳳」「白鳳」「玄鳳」だった。三空母の左右には戦艦「比叡」「霧島」がぴったりと護衛に張り付いている。敵機が進入して来たとみるや、それら艦艇が一斉に高角砲をぶっ放し、空一面が黒い弾幕で覆われた。

が、米軍パイロットもさるもの、空をうめ尽くすほどの砲火をものともせず、勇敢に突っ込んで来る。

迫り来る敵機を認め、三空母は左右へ分かれて大回頭をおこなった。速度はもはやいずれも三〇ノットに達しており、海上に白い航跡が大きな弧となって描かれる。

大鳳型空母の対空砲は新式だ。長砲身の一〇・〇センチ高角砲は命中精度がかなり向上していたが、それでも六機の進入を阻止するのが精いっぱい。残るＳＢＤ九機とＴＢＦ一四機はことごとく投弾に成功した。

すべて海兵隊機のため、日々の訓練は地上攻撃を想定したものがおもで、母艦航空隊の搭乗員のように敵艦攻撃を想定した訓練はほとんど受けていなかった。

実戦経験もあまりなかったが、それでもかれらは一五分に及ぶ攻撃で、「白鳳」に爆弾三発、「玄鳳」にも爆弾二発を命中させて、二〇パーセント以上の命中率をたたき出してみせた。

懸命の大回頭もむなしく、両空母の舷側から四本の水柱が昇り、「玄鳳」の飛行甲板からは一筋の白煙も昇った。

洋上に爆弾の炸裂音がこだまし、第一機動部隊の将兵はその瞬間、だれもが〝やられたっ！〟と直感した。先頭を走っていた座乗艦「大鳳」は運良く爆撃をまぬがれたが、小沢中将の顔も心なしか蒼ざめている。「白鳳」と「玄鳳」が爆弾を喰らったのは疑いないが、急降下爆撃による五〇〇ポンド爆弾の命中では「玄鳳」にかすり傷程度しか負わせることができず、反跳爆撃で右舷に喰らった一〇〇〇ポンド爆弾も同艦に致命傷を負わせることはできなかった。

実際には、右舷に一五〇トン程度の浸水をまねいていたが、「玄鳳」はいまだ三〇ノットでの航行が可能で戦闘力を充分に保持していた。

しかし問題は、爆弾三発を喰らった「白鳳」のほうだった。命中したのはいずれもＴＢＦの投じた一〇〇〇ポンド爆弾だ。

反跳爆撃による爆弾は三発とも左舷に命中しており、そのうちの一発は、運悪く一時間ほど前に喰らった爆弾とほぼ同じ箇所に命中していた。

二番艦「白鳳」の船体は左へ大きく傾き、速力も二〇ノットちかくまで低下していた。もはやこうなると艦載機の運用もままならないが、それもそのはず。不運な「白鳳」は、炸薬重量に換算すると、魚雷二本を喰らったのに等しい打撃をこうむっていた。

しかも、計四発の爆弾が左舷に集中していたことが、同艦の被害をより大きくしていた。しかし堂々たるもので、「白鳳」はそれでも沈むような気配を見せなかった。やがて艦長の朝倉大佐が〝出し得る速力二一ノット！〟と報じて来ると、小沢中将はここは大事を取って、同艦にトラックへの引き揚げを命じたのだった。

第一機動部隊はもはや残る艦載機を運用するのに「白鳳」を必要としていなかった。やがて敵の空襲が止《や》み、それからまもなくして午前九時四〇分には第二波攻撃隊も上空へ帰投して来たが、エス島基地を空襲した攻撃隊は、第一波、第二波を合わせて一〇〇機ちかくもの攻撃機を失っていたのである。

加えて、米軍攻撃隊を迎撃した零戦も四二機を失っており、第一、第二機動部隊はこの日・午前中だけの戦闘で、全部で一三八機の艦載機を喪失していた。

これは大鳳型空母のおよそ二隻分に匹敵する航空兵力だが、むろんやられっ放しではなく、味方攻撃隊はエス島の米軍飛行場を三ヵ所とも大破しており、迎撃戦と相まって二〇〇機以上の敵機を鉄くずにしていた。

いや、第一機動部隊を空襲した米軍機も被弾したものが多く、基地までたどり着けないものが続出した。そのためミッチャー少将のエス島航空隊が失った陸海軍機の総数は、実際には二五〇機を超えていたのだった。

「三つの米軍飛行場はいずれも大破したと確信します！」

第二波攻撃隊を率いてエス島を空襲した、翔鶴飛行隊長の阿部平次郎《へいじろう》大尉がそう報告し、小沢中将はエス島に対する第二次攻撃を中止したが、それにしても解せないのは、最後に来襲した敵機群が、ほぼ真西から来襲したそれまでの敵機とはちがって〝西北西の方角からやって来た！〟という報告があることだった。

――ひょっとすると、エス島の北西洋上で米空母が作戦しているのじゃないかっ⁉

小沢としてはそのことを疑わざるをえず、だとすれば空母を屠《ほふ》るのが先決で、基地を再攻撃しているような場合ではなかった。

危機感を持った小沢は、温存しておいた二式艦偵六機を俄然、北西の索敵に差し向けた。それが午前一〇時二五分のことだった。

六機の発進に手間取ったのは、第二波攻撃隊と迎撃に上げていた零戦の収容を優先する必要があったからだが、小沢中将は、それら艦偵に対して三五〇海里の進出を命じた。

進出距離を三五〇海里としたのは、それより遠方に敵空母を発見しても、九九式艦爆と九七式艦攻の組み合わせでは到底、敵空母を攻撃できないからであった。

はたして正午には、全艦偵が索敵線の先端に達した。が、空母の発見にはいたらなかった。

敵空母の脅威がなくなり、こうなると基地攻撃の考えが再び頭をもたげてくる。

「敵空母はいなかった。……この際、基地攻撃を徹底してはどうかね？」

小沢はそう諮ったが、参謀長の山田少将は首を横へ振った。

「いえ、最大の目的はポートモレスビーを占領することにあります。……フィジー、サモア、エス島に対する作戦はあくまで機動空襲が目的ですから、この辺りで切り上げるべきだと考えます。エス島以南の米豪軍・島嶼基地から敵機をほぼ一掃し、敵飛行場をおおむね破壊しました。……敵の飛行場連絡網を遮断しましたので、さしもの米軍もポートモレスビーへの航空増援に当面のあいだ苦しむはずです。エス島を再攻撃するぐらいならもう一度ポートモレスビーを空襲しましょう」

　なるほど、機動部隊がポートモレスビー近海を離れてから、かれこれ一週間ちかくにもなる。ポートモレスビーの敵飛行場はそろそろ復旧されているかもしれず、これに追い討ちを掛けるというのは、同地の攻略を目的とする本来の作戦目標とも合致していた。

「ふむ……、目の前の敵にとらわれて本来の敵を見失うな、ということだな……」

「はい。わが空母群がもう一度、サンゴ海へ踏み込めば、ポートモレスビーはいよいよ孤立するにちがいありません。……そうすれば敵は危機感を募らせて空母を出して来るかもしれません。エスピリトゥサント島攻撃で貴重な航空戦力をこれ以上、消耗すべきではない、と考えます」

　たしかにそのとおりで、これを聞いて、小沢もすっかり納得した。

　フィジー、サモアに対する攻撃もふくめて、両機動部隊はすでに一五〇機以上の艦載機を失っていたからである。

　そして小沢は、ありったけの艦載機を第二機動部隊にゆずり、第三航空戦隊の「飛鷹」「隼鷹」を角田中将の指揮下へ編入した。その上で第一航空戦隊の「大鳳」「玄鳳」は、傷付いた「白鳳」のあとを追い掛けるようにして、先にトラックへ引き揚げ、機材の補充と「白鳳」「玄鳳」の修理を急ぐことにした。

　つまり、第二機動部隊に「飛鷹」「隼鷹」を加えて空母七隻の陣容でポートモレスビーを空襲しようというのだが、作戦を継続する七空母は無傷のため、角田中将もこの方針を容れ、第二機動部隊はやがてサンゴ海をめざして一旦、北上し始めたのだった。

三航戦の「飛鷹」「隼鷹」を加えて第二機動部隊の航空兵力は三八七機となっていたが、五月一日の朝を期して角田機動部隊が実施した「第二次ポートモレスビー空襲作戦」は、まんまと大成功をおさめた。

海兵隊機の増援は中止されたが、ケニー司令部は滑走路の復旧を急ぎ、サンガモン級空母に代わってボーグ級護衛空母「コパヒー」が四月二九日に三六機の陸軍機をポートモレスビーへ輸送していた。

ところが、それら陸軍機が活動を開始しようとした矢先にもう一度、第二機動部隊から空襲を受け、せっかく復旧した滑走路もろともほぼ全機が失われたのだった。

それら陸軍機はニューカレドニア島の基地から輸送されていた。

ようやく錬成されたばかりのなけなしの陸軍機だったが、これでニューカレドニア島に温存していた予備兵力も失ってしまい、ポートモレスビーのアメリカ第五空軍は事実上、壊滅し、息の根を完全に止められた。

ブナに上陸した帝国陸軍はその後、ラバウル航空隊などの支援を得ながら快進撃を続け、オーエンスタンレー山脈を越えて五月一〇日には、ポートモレスビーを眼下に見下ろせるイオリバイワまで進軍、そのむねをラバウルの第一七軍司令部に報告して来た。

この知らせを受け、湾内で待機していた第二機動部隊と第八艦隊が上陸船団をともなってラバウルから出撃し、五月一四日には海軍陸戦隊およそ六〇〇〇名が圧倒的な航空支援を受け、ポートモレスビーへの上陸に成功した。

その上陸と呼応して陸軍もイオリバイワ方面から一気に攻勢を強め、およそ三日間に及ぶ激戦を日本側が制して、五月一七日にはすべての飛行場を制圧。翌一八日・正午には米軍守備隊が白旗を掲げて投降し、帝国陸海軍はついにポートモレスビーの占領に成功したのである。

陸軍がブナへ上陸してから、ちょうど一ヵ月が経過していた。

第四章　艦上戦闘機／紫電

1

一七試艦戦「烈風《れっぷう》」の開発は難航していた。

川西航空機の菊原静男《きくはらしずお》技師が昭和一六年一二月二八日に海軍航空本部を訪れて「紫電《しでん》」の開発を提案すると、「烈風」の開発遅延に頭を痛めていた技術本部長の多田力三《ただりきぞう》少将はこれを歓迎し、その場で航空本部長の許可を取って、「紫電」の開発が海軍によって承認された。

川西の提案は、同社が開発を手掛けた水上戦闘機「強風」を〃陸上〃戦闘機化するというものだったが、本命「烈風」の完成が大幅に遅延しそうなことから、海軍はこれ（紫電）を陸上戦闘機ではなく〃艦上〃戦闘機として開発するようにもとめ、川西もこの条件を呑んだ。

　航空本部・技術部のある部員が、多田に対して首をひねりながら言った。

「陸上戦闘機を開発した経験のない川西にいきなり艦上戦闘機を開発させるのは、いくらなんでも無理ではありませんか？」

　すると、多田は即座に言い返した。

「なにを言っとる！　だれでも、どんな人間でもはじめは何事にたいしても、未経験のところから始まるのだ。川西は今、みずから手を上げ、新しいことに挑戦しようとしている」

「その意欲をおれは買う。ましてや川西はズブの素人ではなく、水上機や飛行艇の開発において成功し、立派な実績を上げている！　大型四発機の開発（二式飛行艇）に関しては、中島（深山《しんざん》）の一歩先を行っているほどだ。頭ごなしに出来ないと決め付け、せっかくの意欲を摘み取るようでは新しい芽は決して育たない！」

そう言及すると、多田はさらに言った。

「三菱、中島だからといって必ず成功するとは限らぬ！　そうした看板を頭から信用し、観念でものごとをみるようなことはやめたほうがよい。東大を出たからといってその看板に胡坐《あぐら》をかき、鼻高々となって他者を見下し、みずから汗をかかぬようでは、そんな者はまるで使いものにならん！要はやる気だ。やる気のある者は工夫する。おれは川西の、この意欲を買う！」

こうして多田は菊原技師の意欲を買い、川西に開発の機会があたえられることになったが、艦上戦闘機となると、当然、空母に着艦させる必要がある。開発の原型機となる「強風」は中翼の機体形式を採用していたが、主翼が中翼のままだと主脚がどうしても長くなり、着艦時の事故が予想される。また中翼では、前方の視界が制限されるため、空母に着艦しようとする、搭乗員に心理的な負担が掛かってしまう。

そこで菊原技師は、はじめから〝低翼〟の機体形式を採用し、「強風」の艦上戦闘機化に取り組むことにしたのであった。

海軍了解のもと同機の開発は始まったが、最大の問題がエンジンの選定だった。

原型機の「強風」は三菱の「火星」エンジンを採用していた。

だが海軍は、艦上戦闘機「紫電」を開発するに当たって、中島の「誉《ほまれ》」エンジンを採用するよう川西に指定してきた。

エンジン直径が、「火星」から「誉」への換装で一二センチ余りも小さくなり、その分、抵抗が減って空力的に有利になるためだが、川西はむろんこの指定を受け容れて、新型艦戦の搭載エンジンに「誉」を採用した。

エンジンの換装によって機首の絞り込みや機体後部の形状なども大きく変更され、低翼の機体を採用した「紫電」は、ほとんど「強風」の原型をとどめぬほどで、設計変更を必要としなかったのは操縦席付近のみであった。

しかし、主翼自体の形状については「強風」の長所を引き継いでおり、層流翼や自動空戦フラップなどの新技術が取り入れられた。

機体の大幅な設計変更によって、その開発には一年三ヵ月の歳月を要したが、ようやく昭和一八年三月二〇日に試作一号機が完成し、三月二四日に伊丹《いたみ》飛行場（現在の大阪国際空港）で初飛行をおこなった。

ところが、この時期「誉」の不具合が完全には解消されておらず、エンジン直径を一一八〇ミリから一二一八ミリに変更した効果がいまだ表れていなかった。

初期型の「誉」は一八〇〇馬力の出力を予定していたが、実際には、一五〇〇馬力を下まわっていたのだ。肝心のエンジンが規定の出力を発揮できないのだから、試作一号機が満足な結果を得られるはずもない。

「こりゃ、『紫電』の飛行テストじゃなく『誉』の実験だな……」

海軍テスト・パイロットの志賀淑雄《しがよしお》少佐がそう嘆いたほどだったが、「誉」の不具合が解消されたのはようやく秋口になってからのことで、やはりエンジンの直径を無理せず、大きくしておいたのが正解だった。

直径の拡大により、クランクケースの大きさに余裕を持たせることができ、クランクピンやケルメット軸受けの損傷といった不具合が、夏以降にようやく解消されていった。また、冷却フィンの配置などにも余裕が生まれ、計画どおりの出力を発揮できる「誉一二型」エンジンが量産にこぎ付けたのは八月のことだった。

エンジンの重量や大きさは変わっておらず、川西は、受領した「誉一二型」エンジンを搭載して機体に小改良を施し、「紫電」の決定版ともいえる試作七号機を九月三〇日に完成させた。

そして関係者が見守るなか、一〇月一〇日にあらためて飛行テストを実施したところ、同機は高度六〇〇〇メートルで時速六〇二キロメートルの最大速度を発揮してみせたのである。

新型艦上戦闘機「紫電」／乗員一名
・搭載エンジン／中島・誉一二型
・離昇出力／一八〇〇馬力
・全長／九・〇八メートル
・全幅／一一・九九メートル
主翼折りたたみ時／六・〇メートル
・最大速度／時速三二五ノット
／時速・約六〇二キロメートル
・巡航速度／時速二〇〇ノット
・航続距離／八六〇海里（増槽なし）
／一二〇〇海里（増槽あり）

・武装／二〇ミリ機銃×二（二四〇発×二）
／一三ミリ機銃×二（二四〇発×二）
・兵装／二五〇キログラム爆弾一発
※昭和一八年一〇月より量産開始。

高出力のエンジンで引っ張ってゆく機体のため重戦に位置づけられる。旋回能力は零戦に及びもしないが、自動空戦フラップの効果で重戦としては運動性能も良好だった。テスト・パイロットの志賀少佐も「グラマンF4Fを凌《しの》いでいる！」との高評価をあたえた。

着陸時の飛行安定性も良く、とくに二〇ミリ機銃の命中率は零戦より格段に向上していた。

最大速度は要求の時速六五〇キロメートルにはとどかないまでも、艦上戦闘機としてはじめて六〇〇キロメートルの大台を突破してみせた。

一七試艦戦の開発がことのほか難航していただけに、航空本部長の塚原二四三《にしぞう》中将もこの結果に大いに満足して、その場で川西に対して、同機の量産を命じた。

上昇力も高度五〇〇〇メートルまで五分三二秒とおよそ申し分なく、すくなくとも基地では〝大いに使える！〟と確信して、塚原も量産を命じたのだが、制式採用とするにはもう一つ課題が残されていた。

いうまでもなく空母で発着艦テストを実施してみなければ、艦上戦闘機として採用できないのであった。

そして、このとき内地では、九月一五日に改造を終えた軽空母「千歳」が習熟訓練中で、一〇月一五日には二番艦の「千代田」も改造を完了する予定となっていた。

いや、それだけではない。エス島沖の海戦で中破していた重装甲空母「白鳳」も、およそ四ヵ月に及ぶ復旧工事を終えて、九月二四日には横須賀工廠で修理を完了していた。

当然、新型艦戦「紫電」の発着艦テストは、長く大きな飛行甲板を持つ「白鳳」の艦上で、まず実施された。

それは一〇月二八日のことだった。それまでに三機の試作機が用意され、横須賀で「白鳳」に積み込まれた三機は、午前一〇時過ぎから飛行甲板を蹴って相次いで飛び立ち、まずは難なく発艦に成功した。

そして滞空三〇分、各種の飛行性能を再確認したのち、「紫電」の特性をよく知る志賀淑雄少佐が一番機に乗り、いよいよ母艦「白鳳」への着艦をこころみた。

受け入れ側の「白鳳」は風上へ向け、東京湾を速力二五ノットで疾走している。

川西が艦上戦闘機を開発するのはこれがはじめてのこと。社運を賭けて制作した「紫電」の晴れ舞台ということもあって、とくに菊原技師は内心ハラハラしながら「白鳳」の艦上で、その様子を見守っていた。

けれども、そんな心配を余所《よそ》に、志賀少佐の操縦する一番機は、飛行甲板へ吸いこまれるようにして見事、着艦に成功し、志賀少佐は風防を開けるや、大きく〝合格！〟と両腕を挙げてみせたのだった。

それを見て菊原は思わず笑みを浮かべ、ほっと息を吐いたが、志賀少佐が優秀なだけで、残る二機は着艦をしくじるかもしれない。当然だが、だれにでも乗りこなせる必要があった。

大事を取って一番機が「白鳳」の格納庫へ降ろされてゆく。二番機が万一、着艦にしくじった場合に備えて、飛行甲板を大きく空けておく必要があった。

するど、志賀が満面の笑みで、菊原の方へ歩み寄り、おもむろに声を掛けた。

「着艦時の据わりも抜群です。(残る二人も)着艦にしくじるようなヤツらじゃありません」

もし着艦に失敗したとしても、それは飛行機の所為《せい》ではなく搭乗員の所為にできるほど、安定感があると志賀はほのめかしたのだが、その言葉どおり、残る二名の腕も確かで、二番機、三番機も相次いで着艦に成功した。艦上戦闘機「紫電」が誕生した瞬間だった。

三番機が着艦に成功すると、菊原は満面に笑みを浮かべ、目頭を熱くした。

そして一一月一日には、軽空母「千歳」と「千代田」でも発着艦テストが実施され、その良好な結果を受けて、塚原中将は「紫電」を制式に艦上戦闘機として採用した。

まずは新型艦戦の完成にこぎつけた川西航空機の技術陣に敬意を払わねばならないが、昭和一八年内に零戦に代わる新鋭機が誕生したのも、これまた、海軍が早々に装甲空母の量産へ舵を切っていた、その副次効果であるといえた。

装甲空母は周知のとおり搭載機数の減少をまねくというのが欠点で、その欠点をおぎなうために海軍は、昭和一三年ごろから艦上戦闘機の折りたたみ翼化について研究を進めていた。本格的な折たみ翼化を進めるには、どうしても主翼を強化せねばならず、速度向上を図るには高出力エンジンに頼らざるをえなかった。

そこで海軍は「金星」搭載の零戦に着目。零戦三三型の成功で確信を得た海軍は、中島に対して急遽「誉」の直径拡大をせまり、そのことが功を奏して「紫電」の開発に結び付いたのだった。

海軍が〝装甲空母大国〟としての道をあゆみ始めていなければ、「誉」の不調はさらに長引き、新型艦戦「紫電」の開発はもっと難航していたのにちがいなかった。

むろん「紫電」にも、本格的な折りたたみ翼が採用されていた。

2

ポートモレスビーを失ったアメリカ陸軍の落胆ぶりは尋常でなかった。が、海軍が受けた衝撃はそれほどでもなかった。

アダック島発進の爆撃機や旧式戦艦を駆使した米軍の攻撃は熾烈《しれつ》をきわめ、五月三〇日にはアッツ島の日本軍守備隊が玉砕。アメリカ軍は海軍が主体となって同島の奪還に成功していた。

また南太平洋戦線では、さしもの日本軍もポートモレスビー、ガ島の線で攻勢に撃って出るのを止めており、アメリカ海軍はハルゼー大将の第三艦隊が、少なくとも〝敵空母二隻を撃破して日本軍の攻撃を退けた！〟とし、ポートモレスビーの陥落よりも、むしろエス島の防衛成功をさかんに宣伝していた。

アッツ島は米国固有の領土である。ルーズベルト政権もポートモレスビーの陥落を覆い隠すようにして、ちゃっかりと勝ち馬に乗り、アッツ島奪還とエス島以南の防衛を喧伝《けんでん》し、ハルゼー艦隊の戦いぶりを称賛した。

ルーズベルト大統領は「豪州との連絡は充分に維持されている！」とし、オーストラリアの脱落をきっぱりと否定したが、これでいよいよ〝中部太平洋を横断する！〟という海軍の戦略に軸足を置く、決意を固めた。

陸軍航空隊最高司令官のアーノルド大将がマリアナ諸島の攻略を強く望み、中部太平洋の正面突破に同意していたし、四選をもくろむフランクリン・D・ルーズベルトには、もはや一年ほどしか時間が残されていなかった。

——ポートモレスビーを確保し続けているなら話は別だが、あと一年で日本を敗勢に追い込むには豪州方面へ寄り道しているような余裕は、とてもないだろう……。

ルーズベルトはしたたかにそう計算していたのである。

第五章　米機動部隊の逆襲

1

待望の新鋭空母「エセックス」が、パールハーバーへ入港して来たのは一九四三年五月三〇日のことだった。

同日付けで、太平洋艦隊の参謀長を務めていたレイモンド・A・スプルーアンス少将が中将に昇進し、新たに編制された「第五艦隊」の司令官に就任した。

続いて、七月一四日にはインディペンデンス級軽空母の一番艦「インディペンデンス」もパールハーバーに到着し、七月二四日には空母「ヨークタウンⅡ」もエセックス級空母の二番手でパールハーバーへ入港して来た。

さらに八月九日には、エセックス級空母「レキシントンⅡ」とインディペンデンス級軽空母「プリンストン」「ベローウッド」が三隻そろってパールハーバーへ到着し、スプルーアンス中将の第五艦隊は、八月中に大型空母三隻、軽空母三隻の陣容となっていた。

そして、これら六空母は就役した当初からグラマンF6Fヘルキャット戦闘機を艦上に搭載していた。新型艦戦ヘルキャットは一九四三年・初頭から部隊配備が始まり、機動部隊のこれら空母へ優先的に配備されたのだった。

高速戦艦も順次パールハーバーへ進出して来る予定で、もはや準備は〝万全〟といいたいところだが、じつはそうでもなかった。

ヘルキャットの部隊配備と同時に、新型のカーチスSB2Cヘルダイヴァー急降下爆撃機も各空母へ配備される計画だった。が、同機は構造上の欠陥を露呈、三度にわたって大幅な改修を受けることになり、結局、空母への配備は一〇月以降のことになってしまう。

それまでは引き続きSBDドーントレスが一線で使われることになるが、搭乗員の練度もいまだ充分でなかった。

そこでスプルーアンス中将は、空母部隊指揮官のチャールズ・A・パウネル少将に命じて、しばらくのあいだ機動空襲作戦をくり返し、航空隊の練度向上を図ることにした。

その最初の作戦として実施されたのが、マーカス島（日本呼称・南鳥島）攻撃だった。

まずは七月中に到着した「エセックス」「ヨークタウンⅡ」「インディペンデンス」の三空母でマーカス島にヒット・エンド・ラン攻撃を仕掛け、九月一日に実施した空襲で、パウネル少将は島の施設の七〇パーセント以上を破壊するという戦果を挙げてみせた。

かたや、すこし後れてハワイへ到着した「レキシントンⅡ」「プリンストン」「ベローウッド」の三空母は、九月一八日から一九日に掛けてギルバート諸島やナウル島を空襲し、こちらも一定の成果をおさめた。じつは第五艦隊司令部が最初の攻略目標としていたのがギルバート諸島で、パウネル少将は威力偵察を兼ねたこの作戦で、日本軍の防備状況などを知ることができたのだった。

こうしてF6Fヘルキャットは九月一日のマーカス島攻撃で初陣を飾ったが、一〇月六日と七日には、六空母に合同を命じた上で、ウェーク島にも空襲をおこなった。

延べ七〇〇機以上の艦載機を繰り出しての攻撃は基地に大きな打撃をあたえ、日本軍・守備隊は備蓄してあった食糧の大半を焼失した。

米軍が近く同島の占領を計画しているとみた日本の大本営は、ウェーク島に対する部隊の増援を急遽決定した。

結局、南鳥島、ウェーク島、ギルバート諸島などに対する一連の攻撃は一過性の機動作戦のみに終わったが、いよいよ米軍機動部隊が活動を開始し、攻撃を受けた基地からの報告によって、米軍が新型の艦上戦闘機を出して来た、ということもあきらかになった。

危機感を持った連合艦隊司令部は、新型艦戦の機動部隊配備を強く望み、それに応えるかたちで海軍航空本部は「紫電」の制式化と量産を急いだのだった。

2

一〇月までの攻撃はまだ序の口だった。

日本軍機動部隊は強大な兵力を有しており、それに対抗するには〝少なくとも一〇隻以上の空母が必要だ〟と考えたアメリカ海軍は、エセックス級空母とインディペンデンス級空母の実戦配備をことのほか急いだ。

先の六空母に加えて、一〇月にはエセックス級の「バンカーヒル」と軽空母「モントレイ」「キャボット」の三隻もハワイへ到着した。

さらに、一一月にはエセックス級の空母「イントレピッド」とインディペンデンス級の「キャボット」もパールハーバーに到着し、一一月中旬の時点でパウネル少将の第五〇機動部隊は、大型空母五隻、軽空母六隻の計一一隻を擁する大部隊となるまでに戦力を拡大していた。

アメリカ海軍は通常、新造艦の習熟訓練を二ヵ月間にわたっておこなうが、それを「イントレピッド」と「キャボット」に限っては一ヵ月程度に短縮し、異例の早さでパールハーバーへ回航して来たのである。

とりわけエセックス級空母の搭載機数は一〇〇機ちかくにも達する。高速空母一一隻の搭載する艦載機の総数は七〇〇機ちかくに及び、この時点で米軍機動部隊の航空兵力は、日本軍機動部隊のそれを上まわるようになっていた。

ヘルダイヴァー急降下爆撃機もようやく間に合い、「エセックス」以下の全空母へ続々と配備されつつある。

そして、一一月二一日に出撃準備が万事ととのうと、太平洋艦隊司令長官のニミッツ大将は、ギルバート諸島の攻略を目的とする「ガルヴァニック作戦」をいよいよ発動した。

この作戦開始命令を受け、第五艦隊の全艦艇がその日のうちにハワイから出撃した。むろんスプルーアンス中将も重巡「インディアナポリス」に将旗を掲げ、ほぼしんがりでパールハーバーから出撃した。

かたや、第五〇機動部隊の空母一一隻は四群に分かれており、その指揮官を務めるパウネル少将は、空母「ヨークタウンII」に将旗を掲げて第一空母群を直率していた。

作戦の目的はいうまでもなくギルバート諸島の攻略にあるが、アメリカ軍の戦術はあくまでしたたかだった。

一二月一一日・早朝。作戦海域に到達したパウネル少将の第五〇機動部隊は、空母群の一隊をもってガ島へ急接近せしめ、まずはガ島の日本軍飛行場に急襲を仕掛けた。

ガ島とギルバート諸島は一〇〇〇海里ほどしか離れていない。残る三つの空母群はそのほぼ中間地点に陣取り、ガ島攻撃に向かった第三空母群の戦いぶりを注視していた。

空母一群だけをガ島攻撃に差し向けたのは、参加艦艇数をできるだけしぼり、夜間の高速航行を可能にするためであった。

はたして、計画はまんまと的中し、敵飛行場に対する攻撃はほぼ奇襲となって成功した。

それでも一五機ほどのゼロ戦が泡を喰ったように迎撃して来たが、数で圧倒していたヘルキャットの敵ではなかった。

このとき零戦対ヘルキャットの空中戦がはじめておこなわれ、先制攻撃に成功したヘルキャットは、わずかに二機を失ったのみで一二機の零戦を撃墜してみせた。

まさに〝零戦神話〟が崩壊した瞬間だった。

いや、それだけではない。このとき、ガ島・ルンガ飛行場には約一二〇機の海軍機が配備されていたが、ほとんど不意打ちの爆撃を受けて、ガ島航空隊は一〇〇機ちかくを一挙に失い、飛行場も大破してしまったのである。

〝ガ島が急襲を受けた〟との知らせはトラックの連合艦隊司令部だけでなく、時を置かずに東京の軍令部にも届いた。

そして、この凶報に接するや、日本側のだれもが直感した。

――っ、ついに来たか！　米軍がガ島の再々奪還に乗り出して来たぞっ！

それは連合艦隊長官の山本五十六大将や参謀長の山口多聞中将も例外ではなかった。

いや、たとえこの直感が間違いであったとしても、ガ島航空隊を見殺しにするようなことは断じてできない。

山口が味方機動部隊の出撃を進言すると、山本も即座にうなずいた。が、このときあいにく小沢中将の第一機動部隊は、紫電などの新機材を受領するために内地へもどり、一旦トラックを留守にしていた。

「とにかく第二機動部隊を救援に差し向けるしかありません！」

むろん角田機動部隊の五空母「翔鶴」「瑞鶴」「飛龍」「龍鳳」「瑞鳳」をトラックから出撃させるのだが、米軍機動部隊の兵力が不明なため、これら五空母で対抗可能かどうかは出撃してみなければわからなかった。

山本は一瞬、躊躇《ちゅうちょ》したが、ガ島飛行場は二日ほどで復旧できそうだし、ブーゲンヴィル島などの後方基地から第二機動部隊を支援できる。とにかく〝出してみるしかない！〟と思い、山本も結局山口の進言にうなずいたのだった。

そして、午後にはなんとか準備がととのい、第二機動部隊は一一日の午後一時を期してトラックからの出撃を開始した。

けれども、ガ島までの距離は遠く約一二〇〇海里に及ぶ。最速でも二・五日後、一四日の夜明け前にしか到着できそうになかった。

それでも角田中将は速力二〇ノットでの進軍を命じたが、第二機動部隊の出撃はいかにも重油を浪費しただけに終わった。

一四日・午前四時五〇分（ガ島現地時間）過ぎに、まったく寝耳に水の報告が、旗艦「翔鶴」に飛び込んで来たのである。

3

「ち、長官！　ぎっ、ギルバートが空襲を受けております！」

ガ島北方沖を航行する旗艦・空母「翔鶴」の艦橋で、通信参謀が角田中将にそう報告し、同時にトラックでは連合艦隊通信参謀の中島親孝《ちかたか》中佐が山本大将にそう報告した。

「なにっ⁉」

角田ばかりか山本もすっかり意表を突かれ、そのあと二人とも絶句してしまった。

とくに角田は、薄明を待たずして午前四時三〇分に索敵を開始し、艦偵六機と艦攻六機に発進を命じたばかりだった。

かたや、山本はいまだ起床しておらず、中島の報告でたたき起こされたような格好だ。

ガ島とギルバート諸島では一・五時間ほどの時差があり、現地ギルバートではすでに午前六時を過ぎて、日の出を迎えていたのだった。

米軍機動部隊は、まずガ島に陽動のヒット・エンド・ラン攻撃を仕掛け、時差を巧みに利用して今度は、本命のギルバート諸島に本格的な攻撃を仕掛けて来たのだった。

トラック碇泊中の「武蔵」作戦室には、まもなく参謀長の山口も姿を現した。

「なるほど。ガ島に対する空襲が一一日の午前中だけでピタリと止んだのは、敵の狙いが陽動だったからです。……それにまんまと、引っ掛けられました……」

山口の言うとおりにちがいなく、山本も、口を真一文字に結んで〝むう……〟とうなった。

しかし、洋上で指揮を執る角田としては、ガ島周辺に米空母が存在する可能性をすぐには否定できない。艦攻や艦偵には反転を命じず、そのまま索敵を継続するしかなかった。

どうやら米軍の本当の狙いはギルバート諸島の攻略らしいが、だとすれば、ギルバートにこそ救援を差し向けなければならない。問題は、一旦はガ島方面へ出した第二機動部隊に対して、ギルバート方面に〝行き先を変更せよ！〟と、命じるかどうかだった。

「索敵機の収容が終わり次第、第二機動部隊をギルバートの応援に差し向けましょう！」

山口は躊躇なくそう進言したが、いくら山口の進言といえども山本はこれに難色を示した。

「ガ島まで二〇ノットで一二〇〇海里も航行した上に、無補給でギルバートまで一〇〇〇海里も航行させて、それで米軍機動部隊と戦えというのはいくらなんでもむちゃじゃないかね……」

たしかに、第二機動部隊は重油の補給を受けられず、普通ではありえない強行軍となるが、ギルバートを助けるには、第二機動部隊を差し向けるしかないのも事実だった。

攻撃側は時と場所を選べるし、そこへ全空母を集中できる。だが、一旦守勢にまわされると、広い太平洋を守り切るのが、いかに困難なことであるか、それを思い知らされたような格好だ。

今、連合艦隊の空母は大きく分散しており、そこをまんまと突かれたのだからたまらない。

山本はあきらかに第二機動部隊の派遣に反対だったが、山口は、角田さんなら〝なんとかしてくれるかもしれない……〟と思い、第二機動部隊の救援に希《のぞ》みを託そうとした。

そして、ギルバートに対する米軍の攻撃はこれまでのように一過性のものではなく、時間の経過とともにより激しさを増してゆくのがトラックでも手に取るようにわかった。

事態は悪化するばかりだが、そこへ、決定的な報告が飛び込んで来た。

マーシャルのマロエラップ基地から急遽索敵に出た一式陸攻が、午前九時過ぎになって〝一〇隻以上の空母を擁する敵大艦隊がギルバートの東方沖で作戦中！〟と報じて来たのだった。

これを聞いて、さしもの山口も腰を砕かれた。

山本がすかさず突っ込む。

「敵空母は一〇隻以上だ！　いくら角田でも手に負えんだろう。下手に第二機動部隊を差し向けると、わが空母五隻は〝飛んで火に入る夏の虫〟となり、敵機動部隊にむざむざ各個撃破のチャンスをあたえてやるようなことになる！」

そのとおりだった。

出て来た米空母は一〇隻以上。米軍機動部隊の全力にちがいなく、もし戦うとすれば、こちらも第一機動部隊を加えて全力で倒しにゆくべき敵にちがいなかった。

山口もそのことを認めざるをえず、今度は山口のほうが〝むう……〟とうなった。

そうこうするうちに第二機動部隊は、ようやく午前九時四五分に索敵機の収容を完了した。

そして案の定、ガ島周辺には、米空母はおろか敵艦は〝一隻も存在しない〟ということがこれではっきりとした。

「第二機動部隊には即刻トラックへの引き揚げを命じる！　ラバウルから零戦および陸攻の一部を割いてマーシャル、ギルバート方面へ進出せしめよ！　……決戦の機会はいずれまた訪れる。そのときこそ、敵を全力で迎え撃つ！」

山本が断固としてそう命じると、山口も第二機動部隊による反撃をあきらめて、この決定に従うほかなかった。

連合艦隊は第一機動部隊を欠いた最悪の時期に米軍機動部隊の反転攻勢をゆるしたが、現地の帝国海軍・守備隊と航空隊は限られた兵力ながらも命懸けの反撃をこころみ、アメリカ第五艦隊にかなりの出血を強《し》いた。

一二月一九日にはマーシャル・クェゼリン環礁のルオット（ロイ島）基地から発進した一式陸攻一四機が七機を失いながらも軽空母「インディペンデンス」に魚雷一本を命中させて、これを見事に大破した。

また、二〇日・夜には同じくルオットから発進した一式陸攻一七機が夜襲を敢行し、空母「レキシントンⅡ」の艦尾に魚雷一本を命中させて、これを中破するという戦果を挙げた。

空母「レキシントンⅡ」は舵を破損し、操舵を手動に切り換えて、速力二一ノットでかろうじて戦場から離脱して行った。

それだけではない。さらに二四日には「伊一七五」潜水艦がカサブランカ級護衛空母「リスカムベイ」に魚雷一本を命中させて、これをまんまと撃沈してみせた。

護衛空母「リスカムベイ」には支援空母群の指揮を執るヘンリー・M・ムリニクス少将が座乗しており、ムリニクス少将は脱出する暇もなく艦と運命をともにしたのであった。

しかし、アメリカ第五艦隊の兵力はあまりにも強大だった。

一二月二四日には、まずマキン島守備隊が玉砕し、続いて二五日にはギルバート諸島内・最大の要衝であるタラワ環礁内・ベティオ島の守備隊も玉砕した。

日本軍守備隊は、上陸して来た米海兵隊に対して三〇〇〇名以上の死傷者を強いたが、とてもギルバート諸島を守り切ることはできなかったのである。

第六章　改造翔鶴型／雲鶴

1

第一機動部隊はむろん内地で遊んでいたわけではなかった。新型艦戦・紫電だけではなく、昭和一八年・夏以降に彗星《すいせい》艦爆、天山《てんざん》艦攻といった新鋭機が相次いで完成し、第一機動部隊の空母はこれら新機材を受領する必要があったし、また搭乗員はこれら新鋭機に慣れるための訓練も実施しなければならなかった。

彗星、天山は航続力に優れ、三五〇海里の距離を進出しての攻撃が可能だ。また、最大速度が向上しているだけでなく、いずれも時速一八〇ノット以上の巡航速度で飛べるため、敵上空へこれまで以上にすばやく到達できる。

これまで攻撃隊は、九七式艦攻の巡航速度・時速一四二ノットに合わせて進撃する必要があったが、およそ四〇ノットの速度向上により、先制攻撃をより期待できるようになる。

艦上機ばかりではない。「誉」エンジンの不調がここへ来ておおむね解消され、昭和一八年九月からすでに新型陸上爆撃機・銀河の量産も始まっていた。加えて陸軍も、四式戦闘機・疾風《はやて》の量産をすでに開始していた。

これら新鋭機は昭和一八年暮れごろから続々と前線へ配備されてゆくことになる。

艦艇および空母の建造もおよそ順調だった。マル四計画で建造されていた、阿賀野型軽巡の一番艦「阿賀野」はすでに昭和一七年一〇月に竣工していたし、二番艦「酒匂《さかわ》」も昭和一八年六月には竣工していた。そして、三番艦「矢矧《やはぎ》」も年内の竣工が確実で、昭和一八年一二月中の竣工をめざしていた。

また、ミッドウェイ海戦で大破の損害を受けた重巡「最上」も、五月には航空巡洋艦への改造を終えており、最大で一一機の水上偵察機・瑞雲《ずいうん》を運用できるようになっていた。

さらに、九月には戦艦「伊勢」が航空戦艦への改造を終えており、一一月には戦艦「日向」も同じく航空戦艦への改造を終えて習熟訓練をすでに開始していた。二隻は機動部隊への機材補充艦として使われることになる。

そして肝心の空母は、周知のとおり九月にまず軽空母「千歳」が改造工事を終えて、一〇月には二番艦の「千代田」も工事を終えていた。

また、一一月には貨客船「あるぜんちな丸」が護衛空母「海鷹」として改造工事を完了し、一二月中旬にはドイツ貨客船「シャルンホルスト」号が、出力七万二〇〇〇馬力の主機に換装した上で改造工事を完了し、軽空母「翔鳳」として生まれ変わる予定になっていた。

以上が昭和一八年内に完成する艦艇および空母だが、昭和一九年の年明け一月早々にも改翔鶴型の装甲空母「雲鶴」が竣工し、貨客船「ぶらじる丸」改造の護衛空母「神鷹」も工事を完了する予定となっている。装甲空母「雲鶴」は一月五日の竣工をめざし、護衛空母「神鷹」は一月一五日の工事完了をめざしていた。

そして、第一機動部隊は年内に新機材の受領と航空隊の訓練を一応、終えてトラックへ進出して来る。トラック進出後も第一機動部隊は航空隊の訓練を継続するが、今度は第二機動部隊が代わって内地へ帰還し、新機材の受領と航空隊の訓練を実施する予定となっていた。

一月早々に新鋭の装甲空母「雲鶴」が竣工するため、同艦を指揮下に加えるや角田中将は、第二機動部隊の編制をあらためて、旗艦を「雲鶴」に変更する予定にしていた。

かたや、マル急計画で重巡から軽空母への改造が決まった「伊吹」については、工事の前倒しが検討されたが、年明け早々の工事完了はやはりむつかしそうだった。しかし、それでも連合艦隊は一月中に一四隻の艦隊用空母をそろえて、決戦の時に備えようとしていた。

〔第一機動部隊〕　指揮官　小沢治三郎中将

・第一航空戦隊　司令官　小沢中将直率

重装空「大鳳」　搭載機数・計六九機

（紫電三三、彗星一八、天山一八）

重装空「白鳳」　搭載機数・計六九機

（紫電三三、彗星一八、天山一八）

重装空「玄鳳」　搭載機数・計六九機

（紫電三三、彗星一八、天山一八）

・第三航空戦隊　司令官　松永貞市中将

装甲空「飛龍」　搭載機数・計六三機

（紫電二七、彗星一八、天山一八）

装甲空「飛鷹」　搭載機数・計五五機

（紫電二七、彗星一八、天山九、艦偵一）

装甲空「隼鷹」　搭載機数・計五四機

（紫電二七、彗星一八、天山九、艦偵一）

・第五航空戦隊　司令官　城島高次少将
軽空母「千歳」　搭載機数・計三三機
（紫電二一、天山九、艦偵三）
軽空母「千代田」　搭載機数・計三三機
（紫電二一、天山九、艦偵三）
〔第二機動部隊〕　指揮官　角田覚治中将
・第二航空戦隊　司令官　角田中将直率
装甲空「雲鶴」　搭載機数・計七五機
（紫電三〇、彗星二七、天山一八）
装甲空「翔鶴」　搭載機数・計七五機
（紫電三〇、彗星二七、天山一八）
装甲空「瑞鶴」　搭載機数・計七五機
（紫電三〇、彗星二七、天山一八）
・第四航空戦隊　司令官　加来止男少将
軽空母「翔鳳」　搭載機数・計三三機
（紫電二一、天山九、艦偵三）
軽空母「龍鳳」　搭載機数・計三三機
（紫電二一、天山九、艦偵三）
軽空母「瑞鳳」　搭載機数・計三三機
（紫電二一、天山九、艦偵三）

装甲空母「雲鶴」が連合艦隊に引き渡される二月はじめの時点で、第一、第二機動部隊を合わせた航空兵力は、紫電三七五機、彗星一八九機、天山一八九機、二式艦偵一七機の全部で七七〇機となっている。

最大の懸案事項は、一月末までに新型艦戦・紫電をすべての艦隊用空母へ配備できるかどうかだが、川西は海軍・空技廠の助力も得て一〇月中に三〇機、一一月に一〇〇機、一二月、一月の二ヵ月間で二八〇機を生産し、この計画を達成しようとしていたのである。

2

ギルバート諸島の占領に成功したスプルーアンス中将の第五艦隊は、年明け一月一〇日にパールハーバーへ帰投して来た。

次なる作戦目標はすでに決まっている。マーシャル諸島の攻略だ。ギルバート諸島は兵法でいうところの〝軽地〟に当たる。軽地とは敵支配地内の国境近くの地をいい、ここでは立ち止まらずに進攻を継続しなければならない。ゆえにすぐにでもマーシャル攻撃に乗り出したいところだが、空母「レキシントンⅡ」が中破し、軽空母「インディペンデンス」も大破してしまった。

ただちに作戦可能な空母が九隻となってしまったが、日本軍機動部隊はいまだ強力だった。

マーシャルの敵基地を突けば必ず、日本軍機動部隊が出て来るのにちがいなく、今度こそ決戦を覚悟しなければならない。大破した「インディペンデンス」の修理には数ヵ月を要するが、日本軍機動部隊を退けるには、「レキシントンⅡ」の作戦参加がどうしても欠かせない。

いや、それでも艦隊用空母が足りないため、ニミッツは「レキシントンⅡ」の修理を急がせた上で、竣工間もないエセックス級の「ワスプⅡ」「ホーネットⅡ」とインディペンデンス級の「ラングレイ」「サンジャシント」をパールハーバーへ新たに呼び寄せて、マーシャル諸島を〝二月下旬に攻略する！〟とした。

作戦をそれ以上、先延ばしにはできず、中破した「レキシントンⅡ」をアメリカ西海岸の基地で修理しているような余裕はなかった。

ニミッツはパールハーバーの工廠で完全に復旧させるとし、工廠関係者に「レキシントンⅡ」の修理を〝一ヵ月で完了せよ！〟と厳命した。

マーシャルを攻略するための準備期間はむしろ一ヵ月程度は必要だった。その間に消耗した艦載機の補充や、タラワ上陸作戦で予想外の苦戦を強いられた海兵隊の戦術見直しを図り、マーシャル攻略の足掛かりとなる、ギルバート環礁内の味方飛行場も復旧しておく必要があった。

そして、一九四三年の年内に竣工していた「ワスプⅡ」「ホーネットⅡ」「ラングレイ」「サンジャシント」の四空母を機動部隊へ新たに加え、空母一四隻の陣容でマーシャル諸島を攻撃するとしたのである。スプルーアンスもむろん、この方針にうなずいた。

〔第五八機動部隊〕　M・A・ミッチャー中将
／旗艦「レキシントンⅡ」（第二空母群）
・第一空母群　J・V・リーヴス少将
空母「ヨークタウンⅡ」　搭載機九四機
（艦戦三六、艦爆三六、艦攻一八、夜戦四）
空母「イントレピッド」　搭載機九三機
（艦戦三六、艦爆三六、艦攻一八、夜戦三）
軽空「ベローウッド」　搭載機三五機
（艦戦二六、艦攻九）
軽空「サンジャシント」　搭載機三五機
（艦戦二六、艦攻九）
・第二空母群　A・E・モンゴメリー少将
空母「ホーネットⅡ」　搭載機九四機
（艦戦三六、艦爆三六、艦攻一八、夜戦四）
空母「レキシントンⅡ」　搭載機九三機
（艦戦三六、艦爆三六、艦攻一八、夜戦三）

軽空「キャボット」　　搭載機三五機
（艦戦二六、艦攻九）
軽空「モントレイ」　　搭載機三五機
（艦戦二六、艦攻九）
・第三空母群　F・C・シャーマン少将
空母「バンカーヒル」　　搭載機九四機
（艦戦三六、艦爆三六、艦攻一八、夜戦四）
空母「ワスプⅡ」　　搭載機九三機
（艦戦三六、艦爆三六、艦攻一八、夜戦三）
軽空「プリンストン」　　搭載機三五機
（艦戦二六、艦攻九）
・第四空母群　S・P・ギンダー少将
空母「エセックス」　　搭載機九四機
（艦戦三六、艦爆三六、艦攻一八、夜戦四）
軽空「ラングレイ」　　搭載機三五機
（艦戦二六、艦攻九）
軽空「カウペンス」　　搭載機三五機
（艦戦二六、艦攻九）

特筆すべきは機動部隊指揮官の交代である。

パウネル少将は、生粋《きっすい》の飛行機乗りで「ヨークタウンⅡ」の艦長をしていたジョセフ・J・クラーク大佐から、指揮が〝消極的だ！〟などと言い掛かりを付けられ、機動部隊指揮官を事実上、更迭《こうてつ》されてしまった。

クラークはルーズベルト大統領、キング作戦部長、ニミッツ長官、ジョン・H・タワーズ司令官などに、かたっぱしからパウネルの更迭を説いてまわった。まるで戦う意志に欠け、パウネルがこのまま指揮を執り続けるようでは、搭乗員の士気が〝ガタ落ちになる！〟というのが、そのおもな理由であった。

搭乗員のあいだに不満が鬱積《うっせき》している、というクラークの訴えは決して無視できず、大統領の意向もあってニミッツはパウネルの更迭を決め、後任の機動部隊指揮官にマーク・A・ミッチャー少将を充てた。

そしてミッチャーの指揮官就任と同時に、高速空母群は「第五八機動部隊」と改称されることになった。

第五艦隊をあずかるスプルーアンス中将はこの決定に不服だったが、ニミッツ大将とその参謀長であるマクモリス少将に諭されて、しぶしぶこの決定を受け容れたのだった。

指揮官交代という大騒動にもかかわらず、高速機動部隊の出撃準備は着々と進められ、二月八日には、空母「レキシントンⅡ」の修理もひと通り完了した。

そして、二月一四日には新着の四空母も機動部隊の指揮下に加わり、空母一四隻の陣容となった第五八機動部隊の航空兵力は、F6Fヘルキャット戦闘機四三四機、SB2Cヘルダイヴァー急降下爆撃機二五二機、TBFアヴェンジャー雷撃機一八九機、夜戦型ヘルキャット戦闘機二五機の計九〇〇機に達していた。

これは、日本軍・第一、第二機動部隊を合わせた航空兵力七七〇機を、一三〇機ほど上まわっていたが、日米両海軍が次なる決戦を予期して二月中旬までに準備することのできた艦隊用空母の総数は、双方とも〝一四隻ずつ〟と奇しくも拮抗《きっこう》していた。

空母数が同じ〝一四隻〟であるのに一三〇機もの差が開いたのは、それは装甲空母とエセックス級空母の搭載能力の差にほかならなかった。

帝国海軍が〝大型空母六、中型空母三、軽空母五〟の計一四隻であるのに対して、アメリカ海軍は〝大型空母七、軽空母七〟の計一四隻で、大型空母の数に大差はない。

それぞれ、空母一四隻を合わせた排水量の合計トン数では、むしろ帝国海軍のほうが上まわっているほどだったが、にもかかわらず、搭載機数が一三〇機も少ないのは、空母の飛行甲板に装甲を施した弊害といって差し支えなかった。

しかしひるがえってみれば、装甲空母のほうが防御力においては断然、優れている。

エセックス級空母の飛行甲板には、装甲が一切施されておらず、米海軍はその弱点を搭載機数の多さでカバーしようというのだが、これこそ日米両海軍における建艦思想の違いであり、次期決戦ではそれがいよいよ試されることになる。

決戦場はマーシャル沖の中部太平洋上と決まった。ここを米軍に押さえられてしまうと、山本大将の連合艦隊はハワイの攻略があやしくなる。むろんそれを承知の上で、ニミッツ大将の太平洋艦隊は次なる攻略目標をマーシャル諸島に定めたのであった。

第五艦隊の出撃準備が万事ととのうと、ニミッツ大将はマーシャル諸島の攻略を目的とする「フリントロック作戦」を発動した。ミッチャー少将は第二空母群に属する空母「レキシントンⅡ」に将旗を掲げた。同艦には修理と同時に「高角測定レーダー」が設置されていた。

そして一九四四年二月一八日・朝。スプルーアンス中将の第五艦隊は第五八機動部隊の高速空母一四隻を従えて、パールハーバーから満を持して出撃したのである。

それはマーシャル現地時間で二月一九日・午前八時のことだった。

第七章　第一機動部隊出撃

1

米軍がなにか大作戦を始めようとしているのはまちがいなかった。

敵がめざしているのはマーシャルなのかガダルカナルなのか、いまだ判然としないが、敵は「マーシャルに来ます！」とはっきり言い切った者が一人だけいた。連合艦隊通信参謀の中島親孝中佐である。

中島は昭和一八年一一月一五日付けで中佐に昇進し、それと同時に連合艦隊通信参謀に就任していた。直属の上司は山口中将だ。

一二月初旬のある日。中島は、参謀長の山口に思い切って進言した。

「敵はギルバートに来ます」

ギルバート諸島の南南東およそ五〇〇海里には米軍の支配するエリス諸島が在るが、そことハワイとの通信が頻繁になっている、というのがその理由であった。

山口もむろん敵がギルバートに来るという可能性を否定はしなかったが、実際にはその約一週間後にガ島がまず空襲されたのだ。山口はそれでも中島を問い詰めたりしなかったが、第二機動部隊をガ島救援に差し向けるとなっても、なお中島は言い張った。

「敵の本当の狙いはギルバートだと思います」

しかし現実に、米空母の艦載機がガ島へ空襲を仕掛けているのだから、山口はこれに取り合おうとしなかった。

ところが、その三日後には、ギルバート諸島が本当に大空襲を受け、そのとき山口は、はじめて中島に脱帽したのであった。

——中島の言うことをもっと最初から聴いておけばよかった……。

口に出してこそ言わないが、そのかわりに山口は中島に言い渡した。

「きみを（通信参謀として）クビにする！」

戦艦「武蔵」に着任していまだ一ヵ月余りしか経っていないため、中島は〝クビ！〟と言われて思わずギョッとしたが、山口はそれを見てニコリと笑い、続けて言い渡した。

「通信だけをやらせるのはもったいない……。きみは今日から連合艦隊の〝情報参謀〟だ！　敵の動きに変わったことや気づいたことがあれば、なんでもすぐに知らせてもらおう」

中島にとってこれ以上うれしいお達しはなかったが、中島がひそかに情報参謀を自称していたのを、山口は知っていたのだった。

山本長官もこれを認め、翌日から中島は情報参謀としてこれまで以上に、敵信傍受やその解析に力を入れ始めた。

そして、ギルバートがあえなく陥落し、年が明けると、山口は真っ先に訊いた。

「米軍の、つぎの狙いはどこだと思う？」

「マーシャルにちがいありません」

中島が即答すると、山口はそれにうなずきながらも念押しで訊いた。

「今度こそガ島ということはないかね？」

中島はすこし考えてから答えた。

「現時点ではその可能性を決して否定はしませんが、やはりマーシャルとみます。……米軍はわれわれから奪い取ったギルバート内の飛行場を、今懸命に復旧しております」

「……なるほど。敵は、ギルバートの飛行場を復旧して、マーシャル攻略の踏み台にしようとしているのだな……」

「はい。それが攻略作戦をもくろむ米軍の決まったやり方です。ギルバートがやられる前もそうでした。エリス諸島のとくにフナフティ島との通信が増え、飛行場に大量の陸軍機を集めようとしていたのです」

「……敵の暗号を解読したのかね？」

山口はそう訊いたが、中島は否定した。

「いいえ。あくまで状況証拠ですが、丹念に敵の通信系図をみておりますと、そのやり取りからおおよその察しは付きます。……攻略作戦前には、陸海軍間のやり取りが頻繁になるというのが、その最たる兆候です。そうした敵の通信が、前回はフナフティに集中しており、今回はマキン、タラワに集中しております」

するとと山口は、にわかに目をほそめつつ問いただした。

「……エス島方面にそのような兆候はみられないかね？」

「皆無ではありませんが、通信頻度がまったくちがい、問題になりません！」

これを聴くと、山口はいよいよ〝次はマーシャルへ来るにちがいない！〟と確信し、そのむねを山本長官に報告したのであった。

山口から報告を受け、山本は連合艦隊麾下《きか》の航空戦力をもう一度みずから見なおしてみた。

機動部隊の兵力を除けば、基地航空隊の兵力はその多くが現状では、ラバウルを中心とするソロモン、ニューギニア方面に集中していた。

すでにガ島飛行場も完全に復旧されており、その航空兵力も八〇機を上まわるまでに回復しつつある。ガ島は最前線の基地だから、ガ島航空隊の兵力を削減するほどの勇気は、さすがの山本にもなかった。

――だが、現状のままでは、マーシャルの防備がいかにも手薄だ……。マーシャルへもっと航空兵力を集中しておく必要がある！

先のギルバートをめぐる戦いで、マーシャルの各基地からも陸攻などが出撃し、相当に航空兵力を消耗していた。

そして、その穴埋めをするには、ラバウルから航空部隊を移動させるしかなかった。

むろん内地にも可能なかぎりの航空増援をもとめるが、決戦の時はもはや迫っていると考えざるをえない。山本がみたところ一ヵ月以内に手を打たなければ、手後れになると考えておいてしかるべきだった。

だとすれば、内地からの増援だけで、一ヵ月以内に所望の航空兵力を満たすのは、どう考えても不可能だった。

――よし、ラバウル航空隊の兵力を割こう！

最後は独りでそう決断し、山本は翌日、山口を呼び出した。

「ラバウル配備の海軍機のうちの一五〇機以上をマーシャルの防衛にまわそうと思う。……期限は一ヵ月だ！」

これを聴いて山口は、これは〝国運を左右する決断になるかもしれない！〟と直感した。

米軍機動部隊が〝マーシャルに来襲する！〟とまだ決まったわけではない。航空兵力を移動させたあとで万一、ガ島を抜かれるようなことがあると、ラバウルからの応援が効かずガ島を失陥する恐れもある。

しかし、ガ島にかぎらず、不安材料を机の上に思い付くままいっぱいに並べてみても、まったく切りがない。そして、一〇〇パーセント〝これが正しい！〟という結論が存在しない以上、山口は長官の決断を尊重すべきだと思った。

むろん山口も〝マーシャルが危ない！〟とみていたからこそ、中島の予想を前もって報告したのだが、なるほど、確度の高い情報をさらに待っていたのでは、到底、間に合わない。

期限は一ヵ月。悔いのない防衛体制を構築するにはまさに今、決断するしかないが、かしこくも長官が、たった今、断を下されたのだ。

「賛成です！　よくご決断くださいました。私も敵はマーシャルに来る、と確信します」

その上で、山口は即座に言及した。

「長官、すこしだけお時間をください。樋端《といばな》（久《く》利雄《りお》中佐）ともよく相談して、ラバウルからマーシャルへ移動させる航空隊を厳選し、一両日中に報告いたします」

むろん山本はこれにうなずいたが、それを見て山口がさらに申し出た。

「それと、私を一度内地へもどしてください。軍令部と掛け合い、出来るだけ多くの航空兵力をマーシャルへ迅速に配備するよう、説得してまいります！」

しっかり女房の山口が、みずから帰朝して軍令部へ〝直談判《じか》しにゆく！〟というのだから、連合艦隊をあずかる山本にとって、これ以上頼もしいことはなかった。

むろん山本はこれにも即うなずき、マーシャル諸島の防衛を主眼にした、連合艦隊の決戦準備がこの日を境にしていよいよ本格的にうごき始めたのである。

それは一月七日のことだった。

2

連合艦隊の決戦準備は着々と進んでいた。

一月五日に竣工した装甲空母「雲鶴」は、二月六日に予定どおり習熟訓練を完了し、二月八日に第二機動部隊へ編入された。

第二機動部隊は航空隊の訓練と新機材の受領をすでに終えており、角田中将の将旗を掲げた「雲鶴」は残る空母五隻を従えて九日に瀬戸内海から出港、二月一三日夕方に無事、トラックの春島錨地《びょうち》へ入港して来た。

角田中将の直率する第二航空戦隊は、これで大型装甲空母「雲鶴」「翔鶴」「瑞鶴」がそろい踏みとなり、同型艦三隻で戦隊を組むという、理想の編制を実現することができた。

雲鶴型と翔鶴型は正確にいうと同型艦ではないが、飛行甲板に五八ミリの装甲を持つ大型空母という点では同じで、「雲鶴」の船体は翔鶴型空母の設計を流用して建造されていた。そのため、基準排水量、最大速力、飛行甲板の広さ、武装、航続距離、搭載機定数といった要目はほぼ同じで、準同型艦といって差し支えなかった。

煙突と一体化した島型の大きな艦橋を持つ「雲鶴」は遠くから観ると、翔鶴型よりも大鳳型に似ているが、艦首にエンクローズド・バウを採用しておらず、それが大鳳型との相違点だった。

大型の装甲空母六隻「大鳳」「白鳳」「玄鳳」「雲鶴」「翔鶴」「瑞鶴」が肩を並べて碇泊しているすがたはまさに壮観そのもので、「大和」「武蔵」の威容にまったく引けを取らない。

——「雲鶴」一隻が加わるだけで、他の五空母もさらに引き締まって見えるな……。

参謀長の山口中将もすでにトラックへもどっており、かれはしみじみそう思った。

そして、第一、第二機動部隊の全艦艇がトラックで集結すると、山本五十六大将は、二月一五日付けで連合艦隊の編制を一新したのである。

◎連合艦隊　司令長官　山本五十六大将
（トラック）同参謀長　山口多聞中将
第一戦隊　司令官　山本大将直率
戦艦「武蔵」「大和」
第二戦隊　司令官　宇垣纒中将
戦艦「長門」「陸奥」
第一〇戦隊　司令官　木村進少将
軽巡「長良」「名取」　駆逐艦四隻
〔第二艦隊〕　司令長官　栗田健男《たけお》中将
（トラック）　同参謀長　小柳冨次少将
第四戦隊　司令官　栗田中将直率
重巡「愛宕」「摩耶」「高雄」
第五戦隊　司令官　橋本信太郎少将
重巡「妙高」「羽黒」「足柄」
第九戦隊　司令官　鶴岡信道《のぶみち》少将
軽巡「北上」「大井」

第四水雷戦隊　司令官　中川浩《こう》少将
軽巡「阿武隈」　駆逐艦一二隻
〔第一機動艦隊〕司令長官　小沢治三郎中将
（トラック）　同参謀長　山田定義少将
第一航空戦隊　司令官　小沢中将直率
装空【大鳳】【白鳳】【玄鳳】
第三航空戦隊　司令官　松永貞市中将
装空『飛龍』『飛鷹』『隼鷹』
第五航空戦隊　司令官　城島高次少将
軽空「千歳」「千代田」
第一一戦隊　司令官　鈴木義尾中将
戦艦「比叡」「霧島」
第八戦隊　司令官　白石万隆少将
航巡「最上」「利根」「筑摩」
第一水雷戦隊　司令官　伊崎俊二少将
軽巡「阿賀野」　駆逐艦一二隻

〔第二機動艦隊〕司令長官　角田覚治中将
（トラック）　同参謀長　有馬正文少将
第二航空戦隊　司令官　角田中将直率
装空『雲鶴』『翔鶴』『瑞鶴』
第四航空戦隊　司令官　加来止男少将
軽空「翔鳳」「龍鳳」「瑞鳳」
第一二戦隊　司令官　西村祥治中将
戦艦「金剛」「榛名」
第七戦隊　司令官　田中頼三少将
重巡「鈴谷」「熊野」
第二水雷戦隊　司令官　早川幹夫《みきお》少将
軽巡「能代《のしろ》」　駆逐艦一二隻
〔第九艦隊〕　司令長官　原忠一《ちゅういち》中将
（トラック）　同参謀長　松本毅《たけし》大佐
第六航空戦隊　司令官　原中将直率
航戦「伊勢」「日向」

第三水雷戦隊　司令官　木村昌福《まさとみ》少将
　軽巡「矢矧」　駆逐艦八隻
〈第四艦隊〉　司令長官　小林仁中将
（トラック）　同参謀長　鍋島俊作少将
第一四戦隊　司令官　小林中将直率
　軽巡「五十鈴」「鬼怒《きぬ》」
第二海上護衛隊　司令官　若林清作《せいさく》中将
　旗艦／軽巡「夕張」
第七航空戦隊　司令官　澄川道男《すみかわみちお》少将
　護空「雲鷹」「大鷹」「冲鷹」
第八航空戦隊　司令官　杉本丑衛《うしえ》大佐
　護空「神鷹」「海鷹」
第一一水雷戦隊　司令官　高間完少将
　軽巡「龍田」　駆逐艦八隻
〈第二航空艦隊〉司令長官　戸塚道太《みちた》郎《ろう》中将
（ブラウン）　同参謀長　三和《みわ》義勇《よしたけ》大佐

　旗艦／軽巡「大淀」
第二一航空戦隊　司令官　市丸利《いちまるり》之《の》助《すけ》少将
（ブラウン基地／敵艦隊攻撃）
第二三航空戦隊　司令官　大林末雄《すえお》少将
（クェゼリン基地／専守防衛）
第二五航空戦隊　司令官　伊藤良秋《よしあき》少将
（クェゼリン基地／洋上哨戒）
※便宜上、トラック、マーシャル以外に根拠地を置く艦隊は割愛す。【】は重装甲空母、『』は装甲空母を表わす。

第一、第二機動艦隊の空母は周知のとおり、計一四隻に増えている。これに第四艦隊・第二海上護衛隊の護衛空母五隻を加えると、連合艦隊の空母は全部で一九隻となるが、護衛空母は戦闘には参加せず、もっぱら機材輸送任務に従事する。

そして決戦を前に、原忠一中将を司令長官とする「第九艦隊」が新たに設けられ、その指揮下に航空戦艦「伊勢」「日向」が編入された。

第九艦隊は第一、第二機動艦隊に付き従って行動し、「伊勢」「日向」の搭載機を主力空母へ適宜補充する。

航空戦艦「伊勢」「日向」もまた、それぞれ艦上に二七機ずつ、紫電一五機、彗星六機、天山六機を搭載しており、計五四機を射出機で発艦させるが、あくまで発進専用で両艦に着艦させることはできなかった。

これら航空戦艦の予備機もふくめると、機動部隊の航空兵力は優に八〇〇機を超えていた。紫電をはじめとする新鋭機も間に合い、第一、第二機動艦隊の決戦準備は万全といってよいが、同時にマーシャル航空隊の兵力強化も進んでいた。

山口中将が直談判に及び、軍令部次長の伊藤整一中将もマーシャル諸島内基地への航空隊配備に同意した。このとき内地では、戸塚道太郎中将の下で銀河などの新鋭機が次期決戦に備えて訓練に励んでいたが、その兵力はいまだ所定の域に達していなかった。

最終的には一〇〇〇機の航空兵力をそろえる計画となっていたが、山口がマーシャル防衛の重要性を説くと、伊藤次長もその必要性を認め、戦場に出せる練度にまで達した一五〇機余りを、とりあえずマーシャルへ配備するとして、最後は永野修身総長の決裁を得たのだった。

しかし、一五〇機程度の増強では心もとないため、山本長官の強化策どおりラバウル方面からもおよそ一六〇機を転用して、その不足をおぎなうことにした。

そして決戦の一ヵ月前に、戸塚道太郎中将を司令長官とする「第二航空艦隊」が急遽設立されることになり、これら三〇〇機を超える航空兵力がすべてその指揮下へ入れられた。

「そりゃ、責任重大ですな……」

急な抜擢にさすがの戸塚も最初は驚いたが、「機動部隊が全面的に支援します！」と山口が確約をあたえると、戸塚も決戦の決意を固めて、これを引き受けたのだった。

こうして航空隊の大移動が始まり、連合艦隊との話し合いで、一月下旬には第二航空艦隊のマーシャル防衛策が決まった。

マーシャルの中東部に位置するクェゼリン、ウォッゼ、マロエラップの各環礁基地には、ラバウルから来着した戦闘機隊を中心に配備して、専守防衛に努める。

かたや、マーシャル西部のブラウン環礁（米呼称・エニウェトク）基地には、内地から移動して来た銀河などを配備して攻撃に用い、米軍機動部隊を退けようというのであった。

第二航空艦隊　司令長官　戸塚道太郎中将

第二一航空戦隊　司令官　市丸利之助少将

・ブラウン基地　　配備機・計一六二機

（二号零戦五四、一式陸攻三六、銀河七二）

第二三航空戦隊　司令官　大林末雄少将

・クェゼリン基地　　配備機・計七二機

（二号零戦五四、一式陸攻一八）

・ウォッゼ基地　　配備機・計五四機

（二号零戦四五、一式陸攻九）

・マロエラップ基地　　配備機・計五四機

（二号零戦四五、一式陸攻九）

第二五航空戦隊　司令官　伊藤良秋少将
・クェゼリン基地　　配備機・計二〇機
（九七式飛行艇一〇、二式飛行艇一〇）
・ブラウン基地　　　配備機・計一二機
（二式飛行艇一二）
※便宜上、栄エンジン搭載の零戦二一型、二二型を〝一号零戦〟とし、金星エンジン搭載の零戦三三型、五四型を〝二号零戦〟とする。

飛行艇なども合わせると、第二航空艦隊の兵力は二月はじめの時点で三七〇機を超えていたが、このなかにはもともとマーシャル基地に残存していた約六〇機もふくまれていた。

ところが、二月五日には早くもギルバート方面から米軍爆撃機が来襲して、クェゼリン環礁内の各飛行場がまず空襲を受け始めた。

その都度、零戦が迎撃に舞い上がり、相当数の敵機を返り討ちにしてみせたが、飛行場も決して無傷ではなく、中東部のマーシャル基地では零戦や陸攻などが次第に減殺されていった。

米軍はマキン、タラワなどギルバート諸島内の飛行場に陸軍機を集結させており、こうした消耗戦を仕掛けられると、工業生産力に劣る日本側が断然不利だった。

マキン環礁からブラウン環礁までは八〇〇海里ちかくも離れており、マーシャル北西部に位置するブラウン基地まで飛んで来るような米軍機はさすがになかった。けれども、二月中旬以降はウォッゼ、マロエラップ上空にも米軍爆撃機が来襲し始め、マーシャル中東部の基地では、クシの歯が抜け落ちるようにして零戦などが次々と数を減らしてゆく。

そして、連合艦隊の編制を一新した二月一五日の時点で、中東部の基地に配備されていた零戦は八〇機を下まわるまでその数を減らし、一式陸攻にいたっては残る機数が一二機となるまでに激減していた。

しかし裏を返せば、米軍がマーシャルを狙っているのはもはや疑いなく、米陸軍爆撃機が大挙してこれほど攻勢を強めて来るのは、ガ島戦以来のことだった。

危機感を覚えた連合艦隊司令部は、トラック基地から零戦四〇機余りを割いて「神鷹」「雲鷹」でマーシャルへ輸送したが、その途上で「神鷹」が米潜水艦「フライングフィッシュ」から雷撃を受け、あえなく撃沈されてしまったのだからたまらない。結局、クェゼリンへ輸送できた零戦は二一機にとどまった。

もはやこうなるとイタチごっこだが、一九日になって、ようやく中島参謀が「武蔵」の作戦室へ駆け込み、山口に報告した。

「参謀長！　今朝、米軍機動部隊がハワイから出撃しました。まちがいありません！」

山口は即座に返した。

「目的地はマーシャルだな？」

「はい。およそ一〇日後にマーシャル沖へ現れると思われます」

これに山口が大きくうなずき、山本長官の方を見ると、山本も大きくうなずいてみせた。

――いよいよ決戦だ！

連合艦隊の幕僚はみな、そう確信したが、あと一〇日もあるので機動部隊を出撃させるのはまだ早い。はやる気持ちを抑えて進言を自重していると、山口参謀長が中島に言った。

「敵機動部隊の動向を追い続け、定期的に、毎日報告してもらおう」

中島はむろんうなずいたが、それから五日経っても、依然、敵艦隊はマーシャル方面をめざして軍を進めていた。

中島がそのむね報告すると、山口は山本長官の同意を得た上で、まず、マーシャル諸島内の各基地に対して、索敵を最大限に強化するよう通達をおこなった。それが二四日・午後のこと。同時に山口は第一、第二機動艦隊に対して出撃待機を命じ、両艦隊はこの日を最後に飛行隊の訓練を取り止め、重油の補給を開始した。

いやがおうでも緊張感が高まり「武蔵」の艦内にも緊迫した空気が流れ始めたが、その緊迫を破って、中島が報告したのは二六日・正午前のことだった。

「敵は三日以内に来ます！　マーシャルに対する空襲が二九日・朝から始まり、少なくとも二日間は、その空襲が続くと思われます！」

これを受け、旗艦「武蔵」の作戦室でただちに会議が開かれ、全会一致で第一、第二機動艦隊の出撃が決まった。

午後一番で小沢、角田両中将が「武蔵」へ呼ばれ、両中将が山田、有馬両参謀長を帯同してやって来ると、山口が入念な指示をあたえた。

「本日・日没までにトラックから出撃していただきます。まずはクェゼリンの西方一五〇海里の洋上まで軍を進め、味方飛行艇からの報告を待っていただきます。敵機動部隊をできるだけブラウン方面へ引き付け決戦を挑むのが理想ですが、敵がわがほうの基地へ空襲を開始した場合には、ただちに反撃に撃って出てもらいたい」

「基地攻撃中の敵に横やりの攻撃を仕掛けるのですな」

小沢がそう応じると、山口はこれにうなずきつつ、さらに説明した。

「途中、洋上給油は一回のみとします。二八日中に給油を済ませ、くれぐれも敵潜水艦に対する警戒を怠らぬように願います。トラックおよびブラウンからもむろん最大限に哨戒機を飛ばし、支援いたしますが、その点、要警戒です」

二人はこれにうなずいたが、小沢がひとつだけ訊き返した。

「二九日中に敵機動部隊を発見できなければ、その場合どうしますか?」

「敵も決戦を覚悟しているはずです! おそらくそういうことはないと思いますが、その場合は連合艦隊から追って指示をいたします」

山口が即座にそう応じると、小沢もすなおにうなずいた。

それを見て、最後に山本が二人に声を掛けた。

「一〇日ほど前には承知のとおり『神鷹』が苦もなくやられた。トラック――クェゼリン間では相当多くの敵潜水艦が潜伏しているとみられる。私が心配するのはそれだけだ。……あとは思い切ってやってもらおう!」

第一、第二機動艦隊の出撃準備はすでにととのっていた。ほぼ半日後れで第九艦隊もトラックから出撃してゆくことになっている。

小沢、角田両中将は山本の言葉に大きくうなずくと、いつになく引き締まった表情で「武蔵」の作戦室をあとにした。

二人の退艦を見届けて、山本五十六大将はマーシャル決戦を意味する「Z作戦」を発動。

連合艦隊の旗艦・戦艦「武蔵」のメイン・マストに〝Z旗〟がひるがえった。

そして、二月二六日・午後三時三〇分。トラック基地から九七式飛行艇や艦攻などが一斉に対潜哨戒に飛び立ち、第一、第二機動艦隊がいよいよ出撃を開始した。

上空のいたるところに、日の丸を記した銀翼が輝いて見える。

それを頼もしそうに見上げながら、両中将が出撃を命じ、第一、第二機動艦隊の全艦艇が午後五時四五分にはトラックからの出撃を完了した。

太陽は西へ大きく傾き、もうしばらくで水平線下に没しようとしている。

それはマーシャル現地時間で二六日・午後六時四五分のこと。クェゼリン基地ではすでに日没を迎えていた。

第八章　マーシャル沖海戦

1

決戦の時は迫っていた。

――最終的に戦争に勝つには、いずれ日本軍機動部隊を叩きつぶす必要がある！　敵空母の多くが健在である以上、対日戦の勝利はありえない！

ニミッツ大将はそう決意しており、空母決戦を避けるような考えはさらさらなかった。その意を受け、スプルーアンスも決戦を覚悟している。


攻略目標であるマーシャル諸島に対して〝どの方角から〟軍を進めてゆくのか、その決定については、重巡「インディアナポリス」艦上で指揮を執るスプルーアンス中将に一任されていた。

万一、日本軍機動部隊がマーシャル方面へ出撃して来なければ、いきなりエニウェトク（ブラウン）やクェゼリンに先制攻撃を仕掛ける、という考えもスプルーアンスは頭に置いていた。

両基地には有力な日本軍・基地航空隊の配備が予想されるので、日本軍機動部隊が出て来る、その前に、それら敵基地航空隊を壊滅させてやろうというのであった。

しかし、この考えは二六日の夜（マーシャル時間）には捨てられることになった。潜水艦「レッドフィン」が、日本軍の大艦隊が〝トラックから出撃した！〟と通報して来たのだ。

トラックから出撃したのはおそらく敵機動部隊にちがいない。だとすれば有力な航空隊を有する敵基地（エニウェトク）と日本軍機動部隊の両方を相手にして戦うのは危険極まりなく、敵に塩を送るようなことになる。

――マーシャルの北東から迫るのはエニウェトクに近づきすぎて危険だ！　それではミッドウェイの裏返しになる！

敵艦隊〝トラック出撃！〟の一報を受け、スプルーアンスはまず〝北東から軍を進める〟という考えを捨てた。

くり返しになるが、敵機動部隊とエニウェトク敵基地航空隊による挟み撃ちを、回避する必要があったからだ。

そうなると、残る方角は〝真東〟か〝南東〟の二通りしかなかった。

そこへさらに、「神鷹」を撃沈した潜水艦「フライングフィッシュ」から連絡が入り、二七日・午後二時過ぎの時点で、日本軍大艦隊はクェゼリンの西およそ五六〇海里の洋上まで軍を進めていることが判明した。

当の「フライングフィッシュ」はこのとき、魚雷の残量が少なく、また、上空では多くの日本軍機が乱舞していたため、攻撃を自重しておよそ哨戒任務に徹していたが、敵艦艇群のなかに空母がふくまれていることをきっちりと確かめ、敵艦隊は『少なくとも空母三隻をふくむ！』とあわせて報告して来たのだった。

殊勲の「フライングフィッシュ」は一ヵ月ちかくにわたって当該海域で行動しており、この報告に接して、スプルーアンスはいよいよ〝これは日本軍機動部隊にちがいない！〟と確信した。

いや、それだけではない。翌二八日の午前中には、潜水艦「シーホース」も敵艦隊との接触に成功し、日本軍機動部隊は二八日・正午前の時点でクェゼリンの西およそ二二〇海里の洋上まで軍を進めていることが判明した。

そして、この報告を受け、スプルーアンス司令部がマキン駐在の陸軍航空隊にクェゼリン西方の索敵を依頼したところ、マキン基地から飛び立った一機のB24爆撃機が、この日・午後四時過ぎになって決定的な報告電を発したのだった。

『敵大艦隊発見！　空母一〇隻以上。敵艦隊は大きく二群に分かれ、クェゼリンの西およそ一八〇海里の洋上を東進中！』

通信参謀が報告するや、スプルーアンスはみずから隊内電話の受話器を取り、空母「レキシントンII」のミッチャー少将を呼び出した。

「敵機動部隊はもはやクェゼリン近海まで迫っている！　私は東南東の方角からクェゼリンに近づき、決戦を挑むべきだと考えるが、きみの考えはどうかね？」

これを聴いてミッチャーはすぐにスプルーアンスの考えを理解した。

クェゼリンの西北西にはエニウェトク環礁が存在するため、その正反対の東南東から進軍しようというのであった。

幸い、クェゼリン基地をはじめとする中東部の日本軍飛行場は、二六日の午後から実施した陸軍爆撃隊の猛烈な空襲のおかげで相当程度に破壊しており、そこに配備されていた日本軍機もかなりの数を減殺していた。

そうした状況を踏まえた上で、より思い切った攻撃策をミッチャーは口にした。

『賛成です。私も東南東から進軍するのが最善だと思いますが、もはやクェゼリン以東の敵飛行場から組織立った反撃を受けるようなことはないでしょう。ジャップの空母を一網打尽にするまたとない機会です！　翌朝までにクェゼリンの東南東一五〇海里の洋上まで急接近し、敵空母を一気に片付けましょう』

これを聴いて、スプルーアンスもミッチャーの思惑をすぐに理解した。

この海域では一年を通して北東から貿易風が吹いており、第五八機動部隊は攻撃隊を出すときには敵から遠ざかるようにして北東へ針路を執る必要がある。しかも、自軍艦載機の航続距離は日本軍艦載機よりも短いため、敵の懐《ふところ》へ飛び込むような気構えで接近しなければ、日本側に一方的なアウトレンジ攻撃をゆるす恐れがあるのだった。

ミッチャーの考えはよくわかったが、スプルーアンスはひとつだけ懸念材料を伝えた。

「しかし、エニウェトクにあまり近づきすぎるのはよくない……」

当然の指摘だが、攻撃精神旺盛なミッチャーは即座に言い返した。

「クェゼリンとエニウェトクは三五〇海里ほど距離が離れております。クェゼリンの東南東一五〇海里付近で行動すれば、エニウェトクからの距離は五〇〇海里も離れており、さしものゼロ戦も足がとどかぬでしょう。レーダーが敵機群を探知すれば、即座に南方へ退避すればよい。来襲するのが〝まる裸のベティ〟だけなら、ワンショットでこれを撃墜できます」

ベティとは、一式陸攻の米側コード・ネームである。

インテグラルタンクを装備する一式陸攻は、被弾に脆《もろ》くいかにも墜としやすいので、米軍パイロットから〝ワンショット・ライター〟と不名誉なあだ名を冠せられていた。

一発で火が点《つ》くライターのようだ、というのだが、スプルーアンスはミッチャーほどには日本の航空隊を侮《あなど》っていなかった。

「たしかに一理ある。しかし、日本軍をあまり侮ってはいけない。エニウェトクとの距離は五〇〇海里ほど離れているが、クェゼリンまでの距離は一五〇海里だ。エニウェトクから飛び立ったゼロ戦が、帰りはクェゼリンへ着陸するということも充分に考えられる」

そのとおりだが、ミッチャーは〝なにを弱気なことを言っている！〟といわぬばかりに、即座に言い返した。

『だから陸軍航空隊に依頼して明日もクェゼリンを爆撃し、敵飛行場をことごとく使用不能にしておくのです。……わが艦載機の足の短さをおぎなうには接近戦を挑むほかなく、敵空母を撃破するにはそれしかありません！』

それはそのとおりだった。迎撃戦に徹するという考えはなきにしもあらずだが、それでは日本の空母を一隻も撃破することができない。日本軍機動部隊はなおも有力で、ここで少しでも敵空母の数を減らしておく必要があった。

消極策はニミッツ大将の意にも沿わず、ここはスプルーアンスが一歩譲歩した。

「……わかった。だが、くれぐれもクェゼリンの一五〇海里圏内にわが空母を近づけるな！　それだけは約束してもらおう」

『……ええ、わかりました』

ミッチャーとしては内心不服だったが、ここはおとなしくうなずいておいたのだった。

いっぽうそのころ、日本の第一、第二機動艦隊も決戦を企図して東進しつつあった。

日本側は連日にわたって早朝から索敵をくり返しており、ギルバート発進の米軍爆撃機も、日本軍飛行艇が基地から飛び立つ前にそれを破壊してしまうようなことは、さすがにできなかった。

クェゼリン発進の味方飛行艇から最初に報告が入ったのは、マーシャル現地時間で二八日・午前八時五〇分過ぎのことだった。

『敵大艦隊見ゆ！　空母八隻以上、その他随伴艦多数！　敵艦隊は三群以上に分かれ、クェゼリンの東（微南）およそ六二〇海里の洋上を速力・約一五ノットで西進中！』

空母を基幹とする米軍の大艦隊がマーシャルに近づきつつあるのはもはや疑いない。中島情報参謀の予想がまんまと的中し、小沢、角田両中将は駆逐艦への給油を急いだ。

ぜひとも追加で索敵機を放ち、米軍機動部隊の動向を追うべきだが、クェゼリンなど中東部の基地に残された飛行艇や陸攻はもうなかった。

ただし、ブラウン（エニウェトク）にはいまだ二式飛行艇が残されている。そこで正午を期してブラウンから二式飛行艇を出し、米艦隊の動向を探ることにした。

二式飛行艇は余裕で九〇〇海里の範囲を捜索できる。敵は大艦隊だ。クェゼリン上空をはるかに飛び越えてそれを探し出すのも、二式飛行艇ならおよそ朝飯前にちがいなかった。

はたして、敵はやはり前進していた。

ブラウン発進の二式飛行艇がこの日・午後五時過ぎに、クェゼリンの東南東およそ四五〇海里の洋上まで進軍して来た米艦隊を再び発見し、そのむねを全軍に通報した。

『空母一〇隻以上を擁する敵大艦隊がクェゼリンへ向け速力およそ二〇ノットで西進中！』

スプルーアンス中将はこのときミッチャー少将との話し合いをすでに終えており、第五八機動部隊はクェゼリンの東南東・約一五〇海里の洋上をめざし、ひたすら航行していたのだった。

ブラウン発進の二式飛行艇は結局八〇五海里に及ぶ距離を進出していた。

同機の発した報告電を受け取るや、小沢、角田両中将はいよいよ確信した。

――敵の狙いはやはりクェゼリンだ！　二〇〇海里近くまで接近し、明朝、空襲して来るぞ！

小沢、角田両司令部が〝二〇〇海里〟と予想したのは、むろん米軍艦載機の攻撃半径を考えてのことだった。

これを迎え撃つために、小沢中将はクェゼリンの西北西およそ七〇海里の洋上まで艦隊を進めることにし、角田中将もこれに従った。

従来の艦爆、艦攻の合理的な攻撃距離は二五〇海里程度だが、艦上機はもはや彗星、天山の組み合わせに更新されている。ただし紫電の航続力は零戦より劣るため、明日の朝を迎えた時点で、米軍機動部隊との間合いを〝二七〇海里〟ほど取ることにした。予想どおり敵がクェゼリンの東南東二〇〇海里付近まで近づいて来れば、その正反対の西北西七〇海里付近で待ち受ける第一、第二機動艦隊は、宿敵・米空母を一方的に攻撃できる可能性があるからだった。

しかし実際には、日米双方・指揮官ともに読み間違えがあった。

ミッチャー少将は、日本の艦載機が新型機に更新されていることを知らなかったし、小沢中将のほうも、米軍機動部隊がクェゼリンの〝一五〇海里付近〟まで近づこうとしている、という事実を知らなかったのである。

2

一九四四年（昭和一九年）二月二九日・マーシャル現地時間で午前五時一五分――。

この日の日の出時刻は午前六時二分。今からおよそ一五分後の午前五時三〇分ごろには空が白み始めて来る。雲量は二。上空には千切れ雲が漂う程度で、ほぼ快晴といってよかった。

小沢中将が統一指揮を執る帝国海軍・第一、第二機動艦隊は午前五時一五分の時点で、予定どおりクェゼリンの西北西およそ七〇海里の洋上まで軍を進め、遊弋《ゆうよく》し始めていた。

いっぽう、ミッチャー少将の率いるアメリカ海軍・第五八機動部隊は、この時点でクェゼリンの東南東・約一八五海里の洋上に達しており、速力一八ノットで西北西へ向けてなおも軍を進めようとしていた。

日米両軍機動部隊は奇しくも薄明・約一五分前のほぼ同時刻に索敵機を発進させた。

が、スプルーアンス中将から〝一五〇海里圏内に踏み込むな！〟と忠告されていたミッチャー少将は、索敵機が先端へ達する約二時間後に最もクェゼリンへ接近するよう〝一八五海里〟付近から軍を近づけていたのだった。

午前五時一五分を期して、小沢中将は二式艦偵一五機を東方一帯の索敵に出し、ミッチャー少将は偵察型ヘルキャット一六機を西方一帯の索敵に出した。

偵察型ヘルキャットは標準で落下式燃料タンクを装備しており、三〇〇海里の距離を進出できるが、巡航速度は時速一四六ノットとかなり遅めでいかにももの足りなかった。

これに対して二式艦偵は、四〇〇海里の距離を進出可能で、時速二三〇ノットの巡航速度で飛び続けることができる。

両軍偵察機の巡航速度には八四ノットもの開きがあり、こうした性能の差が如実に結果となって現れた。

先に敵艦隊上空へ達したのは当然、二式艦偵のほうだった。


午前六時二三分。軽空母「千歳《ちとせ》」から発進していた一機の二式艦偵が早くも米艦隊との接触に成功し、報告電を発した。

『敵大艦隊見ゆ！　空母一〇隻以上、戦艦五隻以上、その他随伴艦多数！　敵艦隊は四群以上に分かれ、クェゼリンの東南東およそ一六五海里の洋上を速力・約二〇ノットで西進中！』

これを受信して、第一機動艦隊の旗艦・重装甲空母「大鳳」の艦橋では、小沢中将以下の全員が即座に思った。

――すわっ、米軍機動部隊だ！　だが思ったより距離が近すぎる！

クェゼリンの東南東・約一六五海里に敵が出現したということは、味方艦隊とは二三五海里ほどしか距離が離れていない。しかも、敵機動部隊はなおも西進しつつあるというのだ。

参謀長の山田定義少将が、通信参謀に向かってただちに問いただした。

「敵機動部隊がクェゼリンへ向けて攻撃隊を出した形跡はあるかっ!?」

「いえ、そうした報告はなにもありません。敵が攻撃隊を発進させたかどうかについては、まったく不明です！」

通信参謀がそう応じると、山田だけでなく、小沢もにわかに眉をひそめた。

一刻も早く攻撃を仕掛けるべきだが、敵が予想より近くに出現したため、攻撃隊の準備がいまだ充分にはととのっていなかった。

「すぐに（攻撃隊を）出せるかね？」

小沢がそう訊くと、これには航空参謀の内藤雄《たけし》中佐が即答した。

「あと一五分。六時四〇分には出せます！」

攻撃機は二〇分ほど前に爆弾や魚雷の装着作業を完了していたが、その半数ほどがいまだ飛行甲板へ上げられていなかった。

「うむ。できるだけ急いでもらおう」

小沢はやむなくそう応じたが、第一波攻撃隊が出撃準備を完了したのはやはり午前六時四〇分のことだった。

第一波攻撃隊／攻撃目標・米空母群
・第一機動艦隊
①重装空「大鳳」／紫電一二、彗星一八
①重装空「白鳳」／紫電一二、彗星一八
①重装空「玄鳳」／紫電一二、彗星一八
③装甲空「飛龍」／紫電九、天山一八
③装甲空「飛鷹」／紫電九、天山九
③装甲空「隼鷹」／紫電九、天山九

⑤軽空母「千歳」／紫電九、天山九
⑤軽空母「千代田」／紫電九、天山九
・第二機動艦隊
②装甲空「雲鶴」／紫電九、彗星二七
②装甲空「翔鶴」／紫電九、彗星二七
②装甲空「瑞鶴」／紫電九、彗星二七
④軽空母「翔鳳」／紫電九、天山九
④軽空母「龍鳳」／紫電九、天山九
④軽空母「瑞鳳」／紫電九、天山九
※○数字は所属航空戦隊を表わす。

第一波攻撃隊の兵力は、第一、第二機動艦隊を合わせて紫電一三五機、彗星一三五機、天山八一機の計三五一機。

彗星はすべて五〇〇キログラム通常爆弾を装備し、天山は全機が航空魚雷を装備している。

また、第一波の紫電は全機が増槽を装備しており、第一波攻撃隊は、大鳳降下爆撃隊を直率する江草隆繁少佐が空中指揮官を務めて出撃してゆくことになった。

第一波はあきらかに急降下爆撃に偏重した攻撃隊の編成だが、彗星はこれまでの九九式艦爆とはちがって威力の倍増した五〇〇キログラム爆弾を装備している。しかも、彗星は〝いざ！〟となれば時速五〇〇キロメートル以上の最大速度を発揮できるので、まずもって機動力に優れる。

まずは、彗星による先制攻撃で敵空母の飛行甲板を破壊し、米空母をことごとく作戦不能にしてやろうというのであった。

第一波攻撃隊の準備がととのうと、小沢、角田両中将は即座に出撃を命じ、空母一四隻が一斉に北東の風へ向けて疾走を開始した。

夜はとっくに明けており、装甲空母の艦首が白波を大きく切り裂く。

うねりをものともせず紫電や彗星が次々と飛び立ち、午前六時五五分には装甲空母「瑞鶴」の飛行甲板を蹴って、最後の彗星が悠々と上空へ舞い上がった。

それを見届け、「大鳳」の艦橋では小沢中将が大きく〝よし〟とうなずいてみせたが、各装甲空母の艦上では整備員が早くも第二波攻撃隊の準備に掛かっていた。

軽空母五隻の艦上に残された紫電はすべて艦隊防空用として温存しておくが、「大鳳」以下の装甲空母九隻は準備が出来次第、立て続けに第二波攻撃隊を出す。

そして、第二波の出撃準備も午前七時二五分にはととのった。

第二波攻撃隊／攻撃目標・米空母群
・第一機動艦隊
①重装空「大鳳」／紫電九、天山一八
①重装空「白鳳」／紫電九、天山一八
①重装空「玄鳳」／紫電九、天山一八
③装甲空「飛龍」／紫電六、彗星一八
③装甲空「飛鷹」／紫電六、彗星一八
③装甲空「隼鷹」／紫電六、彗星一八
・第二機動艦隊
②装甲空「雲鶴」／紫電六、天山一八
②装甲空「翔鶴」／紫電六、天山一八
②装甲空「瑞鶴」／紫電六、天山一八
※○数字は所属航空戦隊を表わす。
先手必勝で攻撃をたたみ掛ける必要がある。

第二波攻撃隊の兵力は、第一、第二機動艦隊を合わせて紫電六三機、彗星五四機、天山一〇八機の計二二五機。

第二波も、彗星は全機が五〇〇キログラム爆弾一発ずつを装備し、天山はすべて航空魚雷一本ずつを装備している。

今度は雷撃機主体の編成で、米空母にとどめを刺そうというのだが、紫電は増槽を装備しておらず、第二波攻撃隊は、雲鶴雷撃隊を直率する村田重治《しげはる》少佐が空中指揮官を務めて出撃してゆくことになった。

それは予定どおりだが、第二波攻撃隊を準備中のちょうど午前七時ごろに、米軍偵察機がついに第一機動艦隊の上空へ現れ、小沢中将は第二波の紫電を急遽八一機から六三機に減らして、艦隊の護りを重視することにした。

二式艦偵の報告によると、敵機動部隊はなおも西進しつつあるので、彼我の距離はいずれ二〇〇海里近くまで接近するだろう。第一、第二機動艦隊は攻撃隊を発進させるために、どうしても東進せざるをえなかった。

「第二波の発進準備もととのいました！」

内藤中佐がそう報告するや、小沢は〝よし〟とうなずき、再び攻撃隊に出撃を命じた。

母艦九隻はもう一度、艦首を風上に立て、一斉に疾走し始める。

今度は一隻当たり最大でも、二七機の攻撃機を発進させるだけでよかった。

航空隊の練度も充分だ。「大鳳」以下の装甲空母九隻から、彗星や天山が次々と舞い上がり、第二波攻撃隊もまた、その全機が午前七時三七分には発進を完了した。

そして、「玄鳳」から最後に飛び立った、天山がグングン上昇し、上空で待ち受ける攻撃機のなかへ吸い込まれてゆくと、帝国海軍の空母一四隻は速度を落としながら反転し、やがて一八ノットで西進し始めたのである。

小沢、角田両中将は、米軍攻撃隊の来襲を予期し、合わせて一七七機の紫電を艦隊防空用として手元に残しておいた。

3

午前六時二〇分過ぎには早くも日本軍偵察機が上空へ現れ、索敵合戦で先手をゆるした「レキシントンⅡ」の艦上には一時、異様なほど緊張した空気が流れていたが、午前七時になってようやくその緊張が解けた。

『敵大艦隊発見！　空母・大小一四隻！　その他随伴艦多数。敵艦隊は大きく二群に分かれ、クェゼリンの西北西およそ七〇海里の洋上を速力二〇ノット余りで遊弋中！』

報告を入れて来たのは「ホーネットⅡ」から飛び立っていたヘルキャットで、ミッチャーもこれでようやく胸をなでおろしたが、すこしも安心はできなかった。

この時点で第五八機動部隊はクェゼリンの東南東一五三海里の洋上まで前進していたが、同機の報告によると、日本軍機動部隊との距離はいまだ二二〇海里以上も離れていた。

空母一四隻の艦上ではすでに攻撃隊が発進準備を完了しており、ミッチャーとしてはすぐにでも発進を命じたいところだったが、それには北東へ向けて反転する必要がある。

敵との距離がさらに遠のいてしまうため、ミッチャーはスプルーアンス中将との約束を反故にして、ここで思い切った命令を発した。

「全空母群に告ぐ！　速力二八ノットで三〇分だけ西進し、午前七時三〇分を期してジャップ機動部隊に全力攻撃を仕掛けよ！」

これ以上、西進すると、第五八機動部隊は当然クェゼリンの一五〇海里圏内へ踏み込むことになるが、味方艦載機の足の短さをおぎなうには、まさにこの方法しかなかった。

それでも敵との距離は二一〇海里程度にしか縮まらないが、三五分以上も前に敵偵察機の接触をゆるしたので、あと一時間ほどで敵機が来襲すると覚悟しなければならない。そのため三〇分を超えて西進するわけにいかず、ミッチャーは攻撃隊の発進時刻を午前七時三〇分としたのだった。


事情が事情だけにスプルーアンス司令部もこの命令を追認した。この期に及んで西進を厭うておれば〝敵に一方的な攻撃をゆるす恐れがある〟とスプルーアンスもさすがに理解しており、ここは機動部隊司令部の判断に委ねた。

――エニウェトクから敵機が来襲する恐れはあるが、それは二の次だ！　今はそれを心配している場合じゃない！

艦隊司令部の承認を得、機動部隊の全艦艇が速力二八ノットで西北西へ向けて一斉に疾走し始めた。スプルーアンス中将の承認を強引に引き出したようなかっこうだが、ミッチャーはこの決定を当然だと思っていた。

そして三〇分はあっという間に過ぎた。

午前七時三〇分。全空母が北東へ向けて一斉に回頭し、第一次攻撃隊が発進を開始した。

第一次攻撃隊／攻撃目標・日本空母群
①空母「ヨークタウンⅡ」　出撃機数六四機
（Ｆ６Ｆ一〇、ＳＢ２Ｃ三六、ＴＢＦ一八）
①空母「イントレピッド」　出撃機数六四機
（Ｆ６Ｆ一〇、ＳＢ２Ｃ三六、ＴＢＦ一八）
①軽空「ベローウッド」　出撃機数一九機
（Ｆ６Ｆ一〇、ＴＢＦ九）
①軽空「サンジャシント」　出撃機数一九機
（Ｆ６Ｆ一〇、ＴＢＦ九）
②空母「ホーネットⅡ」　出撃機数六四機
（Ｆ６Ｆ一〇、ＳＢ２Ｃ三六、ＴＢＦ一八）
②空母「レキシントンⅡ」　出撃機数六四機
（Ｆ６Ｆ一〇、ＳＢ２Ｃ三六、ＴＢＦ一八）
②軽空「キャボット」　出撃機数一九機
（Ｆ６Ｆ一〇、ＴＢＦ九）
②軽空「モントレイ」　出撃機数一九機
（Ｆ６Ｆ一〇、ＴＢＦ九）
③空母「バンカーヒル」　出撃機数六四機
（Ｆ６Ｆ一〇、ＳＢ２Ｃ三六、ＴＢＦ一八）
③空母「ワスプⅡ」　出撃機数六四機
（Ｆ６Ｆ一〇、ＳＢ２Ｃ三六、ＴＢＦ一八）
③軽空「プリンストン」　出撃機数一九機
（Ｆ６Ｆ一〇、ＴＢＦ九）
④空母「エセックス」　出撃機数六四機
（Ｆ６Ｆ一〇、ＳＢ２Ｃ三六、ＴＢＦ一八）
④軽空「ラングレイ」　出撃機数一九機
（Ｆ６Ｆ一〇、ＴＢＦ九）
④軽空「カウペンス」　出撃機数一九機
（Ｆ６Ｆ一〇、ＴＢＦ九）
※○数字は各所属空母群を表わす。

第一次攻撃隊の兵力はF6Fヘルキャット戦闘機一四〇機、SB2Cヘルダイヴァー急降下爆撃機二五二機、TBFアヴェンジャー雷撃機一八九機の計五八一機。

未曾有《みぞう》の大攻撃隊だ。この〝五八一機〟という数字は、日本軍・第一波、二波攻撃隊を合計した機数〝五七六機〟を奇しくも五機ほど上まわっていた。

しかも、小沢中将が艦隊防空用として〝一七七機〟の紫電を手元に残していたのに対して、ミッチャー少将は〝三〇三機〟ものヘルキャット(夜戦型を含み、偵察機を除く)を艦隊防空用として残していた。双方が残した防空戦闘機の兵力差は一二六機に及び、米海軍は、この戦闘機の多さによって、エセックス級空母の防御力不足を補おうとしていたのだ。

ところが、実際の戦いは、その思惑どおりには必ずしもいかない。

ミッチャー少将の座乗艦・空母「レキシントンII」から二機目のヘルキャットが舞い上がった直後に、戦艦「ニュージャージー」の対空見張り用レーダーが早くも日本軍機の大編隊を探知したのだからたまらない。

「司令官！　レーダーが、『ニュージャージー』からの通報です！　敵機大編隊を探知し、三〇〇機を超えようかという進入して来る、と警告しております！」

「なにっ！」

ミッチャーは通信参謀に嚙み付きそうな勢いでそう返したが、あと〝四〇分足らず〟ということは、日本軍攻撃隊は〝午前八時五分過ぎには来襲する！〟と覚悟しておく必要があった。

戦艦「ニュージャージー」のレーダーが探知したのはむろん日本軍の第一波攻撃隊だったが、問題は、今、発進し始めたばかりの第一次攻撃隊を日本軍攻撃隊が来襲するまでにすべて上空へ舞い上げられるかどうかだった。

いや、第一次攻撃隊だけではない。同時に迎撃戦闘機もすべて上空へ舞い上げなければ、敵機の進入を阻止できず、味方空母がことごとく爆撃を受けて、大惨事となってしまう。

とどのつまり、エセックス級空母は九〇機もの艦載機を一斉に舞い上げる必要がある。けれどもあと四〇分足らずで全機を舞い上げるのはとても不可能で、第一次攻撃隊を発進させるだけで精いっぱい。日本軍攻撃隊の進入をすこしでも後らせるために、ここはどう考えても、戦闘機の発進を優先すべきであった。

そこで、ミッチャーは急遽予定を変更、第一次攻撃隊のヘルキャット一四〇機でまずは日本軍攻撃隊を迎撃し、元来、防空用とされていたヘルキャットの一部を最後に発進させて第一次攻撃隊に随伴させることにした。

命令はすぐに伝えられ、飛行甲板の前方で待機していたヘルキャットが次々と舞い上がり、急いで西方へ迎撃に向かう。全一四〇機が五分以内に飛び立ち、続いてエセックス級空母の艦上からはヘルダイヴァーが発進を開始した。

同時にインディペンデンス級軽空母からはアヴェンジャーが飛び立とうとしている。そしてその発進はこれまた五分ほどで終わり、軽空母七隻は立て続けに、元来防空用とされていたヘルキャットの発進を開始した。が、エセックス級空母ではヘルダイヴァーの発進がまだ続いている。

ヘルダイヴァーの発進には結局、たっぷり一八分ほど掛かり、七隻の大型空母はようやく今、アヴェンジャーの発進に執り掛かった。

それが午前七時五四分ごろのことで、先に舞い上がったヘルキャットのうちの五〇機ほどは、早くも西方上空で火花を散らし始めた。

先発した残る九〇機のヘルキャットも懸命に上昇を続け、順次、その空戦に加わってゆく。

けれども、日本軍攻撃隊からすれば、迎撃に現れたグラマンがおよそバラバラに攻撃を仕掛けて来たので、第一波攻撃隊に随伴する、一三五機の紫電はよほど対処がしやすかった。

空戦場に先着したヘルキャットは、自軍艦隊の手前・約四〇海里の上空で攻撃を仕掛けたが、来襲した敵戦闘機はあきらかにゼロ戦ではなく、これまでと勝手がちがった。

実際、紫電対ヘルキャットの戦いは甲乙付けがたく、最初は紫電のほうが優勢だったが、あとから馳せ参じた九〇機が戦いに加わり、ヘルキャットが徐々にいきおいを盛り返しつつあった。

一対一での戦いはほぼ対等で、なかなか決着が付かない。ヘルキャットは最初に数機を失ったのが痛く、形勢をすっかり逆転するところまではいきおいを盛り返せなかった。

そのため数の上では、紫電のほうが若干上まわっており、ヘルキャットは肝心の彗星や天山にはなかなか手出しができない。

そして午前八時三分ごろ、第一波攻撃隊を率いる江草少佐は、はるか行く手の洋上に、敵空母の一群をついに発見した。

——よし、しめた！　まちがいなく空母だ！

少なくとも四隻はいるぞ！

ところが、そこへ思わぬ伏兵が現れた。

七隻の軽空母から飛び立ったヘルキャットが味方空母群の手前・約二〇海里の上空で待ち構えており、彗星や天山が、それらグラマンから次々と急襲を受け始めたのだ。

紫電は、先にやって来たグラマンとの空中戦に忙殺されており、不意を突かれて新手の敵機にはほとんど対処できなかった。

新手のグラマンは一〇〇機以上もいる。実際には、あとから迎撃して来た軽空母発進のヘルキャットは全部で一一二機をかぞえた。

そして、同じく午前八時三分ごろに、ようやくエセックス級空母の艦上からすべてのアヴェンジャーが舞い上がり、米軍・第一次攻撃隊の全機が発進を完了した。その報告を受け、ミッチャーも思わずため息をもらす。

それもそのはず。魚雷を抱いたアヴェンジャーが飛び立つ前に、一発でも爆弾を喰らってしまうと、エセックス級空母は瞬時に戦闘力を奪われて大惨事となっていたところだった。

そうした最悪の事態はかろうじて避けることができたが、日本軍攻撃隊は、もはや指呼の間まで迫っている。

「次はヘルキャットだ、急げ!」

ミッチャーは居ても立ってもおられず声を荒げ発破を掛けたが、エセックス級空母七隻の艦上には、それぞれ二七機以上のヘルキャットがいまだ残されていた。

――全ヘルキャットが発進を終えるのに、たっぷりあと一二分は掛かるだろう……。

ミッチャーも、生粋《きっすい》のパイロットであるだけにそのことは、うすうすわかっていた。

そして案の定、日本軍攻撃隊は一〇分以上も待ってはくれなかった。

午前八時九分。ヘルキャットの全機が飛び立つその前に江草少佐が突撃命令を発し、彗星や天山が狙う米空母へ向けて接敵を開始した。

『全軍突撃せよ！（トトトトトッ！）』

その前からすでに江草は、少なくとも一〇隻の米空母を眼下にとらえていた。

旗艦「レキシントンII」をふくむ第二空母群はいちはやく北東へ向けて遁走しており、第一波攻撃隊から狙われたのは第一、第三、第四空母群の空母一〇隻だった。

第二空母群所属の「ホーネットII」「レキシントンII」はそのまま北東へ退避しつつヘルキャットの発進を続けたが、残る三群のエセックス級空母は急遽、発進作業を中止せざるをえなかった。

それら三群に属する「ヨークタウンII」「イントレピッド」「バンカーヒル」「ワスプII」「エセックス」の五空母は、迫り来る日本軍機の空襲をかわすため、とっさにヘルキャットの発進を中止、左右へ分かれて大回頭し始め、緊急回避を実施したのだった。

これら五空母搭載のヘルキャット合わせて六五機が結局、発進することができず、追加で上空へ舞い上がることのできたヘルキャットは、全部で一二六機だった。それら一二六機もいまだ上昇し切っておらず、日本軍攻撃隊に襲い掛かることができたものはほんの数機にとどまった。

日の丸飛行隊はもはや敵空母へ向けて殺到している。しかし、軽空母発進のヘルキャットから猛烈な攻撃を受け、第一波攻撃隊は今や、その数を大きく減らしていた。

米空母三群の上空へそれぞれ達した時点で、第一波攻撃隊は彗星五四機と天山三九機の計九三機を撃墜もしくは撃退されており、残る攻撃兵力は彗星八一機、天山四二機となっていた。

連合艦隊司令部が搭乗員に対して自爆を戒めていたため、投弾が不可能になった機は敵艦へ向けて無理に突入せず、味方機動部隊の方へ引き返した。ヘルキャットに突入を阻止された九三機のうち、およそ三分の一にあたる三二機が自爆を思いとどまって帰途に就いていた。

完全に撃墜されたのは六一機だったが、第一波攻撃隊の被害はさらに増えることになる。

米空母や戦艦の一部はＶＴ信管（近接信管）付きの高角砲弾をすでに装備しており、グラマンの迎撃網を突破した一二三機も、猛烈な対空砲火にさらされてさらに四二機を失った。

ヘルキャットの銃弾は一二・七ミリだが、米艦艇の撃ち上げる機銃弾は最小でも二〇ミリで、多くが四〇ミリだった。高角砲弾の破壊力についてはいうまでもなく、米艦艇の対空砲火にやられた四二機にほとんど生還の望みはなかった。

それら四二機のうち、運良く撃墜をまぬがれて帰途に就くことのできた攻撃機はわずか六機にとどまり、それら六機も到底、母艦までたどり着くことはできず、途中洋上で力尽きて不時着水することになる。

幾多の障害を突破してようやく投弾に成功した攻撃機は彗星五七機と天山二四機の計八一機。江草自身の彗星も敵弾数発を喰らっていたが、まだコントロールを失っていなかった。

「小型軽空母には一切かまうな！　狙うは大型空母のみだ！」

各中隊長へ最後にそう指示をあたえると、江草機は、まさに指揮官先頭で突っ込み、最も東寄りで航行していた大型空母のだだっ広い飛行甲板をめがけて一気にダイブした。

――コイツはおそらく右へ舵を切るぞ……。

江草機が標的としたのは第一空母群の旗艦・空母「ヨークタウンⅡ」だった。

同艦にはジョン・V・リーヴス少将が座乗しており、艦長は〝彼の〟ジョセフ・J・クラーク大佐が務めていた。

「き、来たぞ！」

リーヴスが上空を指差し注意をうながすと、インディアンの血をひくクラークは独特の勘をはたらかせて、三〇ノット以上の高速でとっさに舵を切り、あっという間に「ヨークタウンⅡ」を右へ大回頭させてみせた。

その見事な舵さばきにリーヴスも惚れ惚れするほどだったが、彗星艦爆の猛烈にすばやい動きとそれを操る江草の腕の冴えには、さすがのクラークも一歩およばなかった。

次の瞬間、すさまじい閃光が走り、空母「ヨークタウンⅡ」の艦体がまたたく間に、紅蓮《ぐれん》の炎につつまれた。

命中したのは五〇〇キログラム爆弾だ。飛行甲板を切り裂いた爆弾は、格納庫内で巨大な音響を発して炸裂し、「ヨークタウンⅡ」の体軀《たいく》を激しく揺さぶった。

「……なっ、なぜだ……」

ほとんど完璧な回避操作をやってのけたはずなのに、のっけから爆弾を喰らってしまい、自尊心を傷付けられたクラークは、衝撃のあまり動揺を隠しきれなかった。

もともと自信過剰な性質《たち》だけに、その自信を踏みにじられたような衝撃を受け、クラークは茫然《ぼうぜん》自失となっている。

頼みの艦長がこんな状態ではとても空襲を乗り切ることができない。リーヴスは大喝するようにして急いで声を掛けた。

「おい、大丈夫かっ！　ジャップの新型爆撃機にちがいない、しっかりしろ！」

これでクラークはわれに返ったが、わずかに操艦が後れ、「ヨークタウンⅡ」は飛行甲板の後部に爆弾もう一発を喰らった。

そこにはちょうど発進を中止したヘルキャット数機が駐機しており、機は吹き飛ばされたもののそれがかえって衝撃を和らげる効果をもたらしておよそ大事にはいたらなかった。が、問題は最初に喰らった爆弾のほうだった。

飛行甲板・中央前寄りに命中したその爆弾の所為《せい》で発進区画に大破孔を生じ、ボイラーの一部も損害を受けた。

その孔を塞がぬことには艦載機の運用はとても不可能だし、同艦の速度は一時二〇ノットちかくまで低下した。

まもなく消火に成功して、ボイラーの圧力が上がり始め、速度はみるみる二八ノットまで回復したが、速度が上がり切った直後に今度は、左舷に魚雷を喰らってしまった。

いや、困難な状況にもかかわらず、じつはそれまでにクラークは、五本の魚雷を次々とかわしてみせた。しかし、最後に左から迫って来た六本目の魚雷をついに回避できず、大量の浸水をまねいて、「ヨークタウンⅡ」の速力はまたもや二二ノットまで低下してしまったのだった。

空母「ヨークタウンⅡ」に対する空襲はそれで途切れ、午前八時四〇分には味方空母群の上空から敵機が一旦すがたを消した。

クラークはすっかり鋭気を取りもどして飛行甲板の復旧を急いでいたが、次々と舞い込む被害報告を受け、今度はリーヴスのほうが衝撃のあまり愕然《がくぜん》とした。

同じ第一空母群のエセックス級空母「イントレピッド」もまた、爆弾二発と魚雷一本を喰らって大破にちかい損害をこうむっており、僚艦「イントレピッド」は速力が一八ノットに低下して、飛行甲板の復旧にたっぷり一時間ほど要することがわかった。

いや、それだけではない。さらに第一空母群では、軽空母「ベローウッド」が爆弾一発を受けて大破し、瞬時に戦闘力を奪われていた。

第一空母群で健在なのは軽空母「サンジャシント」のみで、「ベローウッド」の速力も一五ノットまで低下しており、しばらくすると「ヨークタウンⅡ」の復旧にもたっぷり三〇分は掛かることが判明した。

とにかく「ヨークタウンⅡ」と「イントレピッド」の復旧を急ぐためにリーヴス少将は一時東方へ退避するように命じたが、そのころ機動部隊の旗艦「レキシントンⅡ」では、ミッチャー少将に対して、第三、第四空母群の被害状況ももれなく知らされていた。

その報告によると、第三空母群では空母「バンカーヒル」が爆弾三発を喰らって速度が二四ノットに低下し、軽空母「プリンストン」にいたっては、爆弾二発と魚雷一本を喰らって〝もはや沈みつつある！〟ということが判明した。

第三空母群では、エセックス級の空母「ワスプⅡ」が高速で真っ先に南東へ退避して運良く空襲をまぬがれていたが、逃げ後れた空母「バンカーヒル」と軽空母「プリンストン」に三〇機以上の日本軍機が殺到していたのだった。

さらに、最も西寄りで行動していた第四空母群では、旗艦「エセックス」が集中攻撃を受け、爆弾四発と魚雷一本を喰らって大破。同艦はもはや航行を停止しようとしていた。

第四空母群司令官のサミュエル・P・ギンダー少将は旗艦の変更を余儀なくされ、報告を受けたミッチャー少将は、苦虫を噛みつぶしたような形《ぎょう》相《そう》で罵《ののし》った。

「なにっ、新型機が来襲した、だと!?　こしゃくなジャップめっ！　みておれ……、必ずやり返してやる！」

空襲を受けた三群のなかで無傷のエセックス級空母は「ワスプⅡ」ただ一隻となってしまい、ミッチャーは悔しまぎれにそう罵ったが、反撃の狼《のろ》煙《し》となる第一次攻撃隊の発進には首尾よく成功したので、ミッチャーはいまだ断じて戦いをあきらめていなかった。

まもなく「ワスプⅡ」から一三機のヘルキャットが追加で発進したが、五二機のヘルキャットを母艦上で焼失し、多くのヘルキャットを防空戦に駆り出してしまった。空戦で思いがけずガソリンを消費したヘルキャットに進撃を命じるわけにもゆかず、攻撃隊随伴の戦闘機は予定の一四〇機を八八機に減らすしかなかった。

その結果、第一次攻撃隊の兵力はヘルキャット八八機、ヘルダイヴァー二五二機、アヴェンジャー一八九機の計五二九機となっていた。

援護戦闘機は五〇機ほど減ってしまったが、それでも第一次攻撃隊の兵力は五〇〇機を超えており、ミッチャーが戦いをあきらめないのは当然のことだった。

4

日本軍・第一波攻撃隊は結局、八一機が投弾に成功してエセックス級空母四隻と二隻のインディペンデンス級空母に猛攻を加え、全部で爆弾一三発と魚雷四本を命中させていた。

爆弾の命中率はおよそ二二・八パーセントに達し、魚雷の命中率は一六・七パーセントにとどまっていたが、第一波攻撃隊は敵・大型空母四隻を撃破し、軽空母一隻を撃沈、もう一隻を大破するという、まずまずの戦果を挙げた。

しかし、一〇八機もの攻撃機が未帰還となってしまい、生存率の低さにおいては新型機の彗星や天山も決して例外ではない、ということがこれで証明された。

空戦で失った紫電五七機を数にふくめると、第一波攻撃隊の損耗率は、じつに四七パーセントに達していた。

その損害と引き換えに、紫電は六三機のヘルキャットを空戦で撃墜しており、同機と対等以上に戦えることを実証してみせた。

そして、米艦隊近くの空ではいまだに空中戦が続いていた。

米空母群の手前・約二〇海里の上空ではなおも第一波攻撃隊の紫電七八機が粘っており、午前八時五〇分過ぎになって、それら七八機はようやく空戦場を後にした。

村田重治少佐の率いる第二波攻撃隊が戦場にすがたを現したのである。そこには六三機の紫電がふくまれていたが、米空母群手前の上空ではこのとき二〇〇機を超えるヘルキャットが防空任務に当たっていた。

米軍・第一次攻撃隊はもはやとっくに西進を開始しており、それら二〇〇機余りには、援護戦闘機隊のヘルキャット八八機はもちろんふくまれていなかった。

空戦時間はかれこれ一時間ちかくにも及び、ヘルキャットのパイロットはみな、かなり憔悴《しょうすい》していたが、それでも数を頼みにして、新手の日本軍機に代わるがわる襲い掛かった。

護衛の紫電がわずか六三機ではとても米軍戦闘機の波状攻撃を退けることはできず、村田少佐はやむなく密集隊形を採って応戦した。

紫電を直上に配してこれを盾《たて》とし、第二波攻撃隊はがっちりと防御に徹していたが、クシの歯が抜け落ちるようにして、彗星や天山が〝一機また一機〟と撃ち落とされてゆく。

しかし、第一波の紫電がヘルキャットの動きを先ほどまで掣肘《せいちゅう》していたおかげで、敵艦隊までの距離がおよそ二〇海里と近く、村田少佐はまもなく敵空母の一群を行く手の洋上に発見した。

――よし、あそこだ！　三隻はいるぞ！

真っ先に見つかったのは第四空母群だった。空母「エセックス」以下の部隊だが、さらに近づいてよく見ると、垂涎の大型空母は大炎上中ですでに航行を停止していた。残る二隻はいずれも小型空母だ。それを瞬時に見きわめると、村田は直感で、この一群には〝多くの攻撃機を割くべきじゃない！〟と判断した。

優先的に攻撃すべきは大型空母だが、その一隻がもはや虫の息となっている。とはいえ、これにとどめを刺す必要はありそうなので、村田はまず天山九機をその攻撃に差し向けた。

――第一波の取り逃した大型空母がほかに二、三隻ほどいるはずだ……。

村田は江草機の発した報告電を受信して、そう考えたのだが、グラマンの追撃が激しく、悠長に敵空母を捜しまわっているような余裕はとてもなかった。第二波攻撃隊もまた、すでに五〇機以上の落伍機（紫電を除く）を出していた。

ぜひとも攻撃を急ぐべきだが、第一、第三群の空母は軒並み速度が低下しており、それら米空母を見付け出すのに、村田はさほどの苦労を必要としなかった。

――や、いたぞ！　少なくとも五隻はいる！

それらはまさに第一、第三空母群の米空母六隻だったが、これまた、近づいてよく見ると、大型空母の多くがすでに被弾して、なんらかの手傷を負っている。しかも、それら敵空母が東南東の方角でおよそひとかたまりとなっていたので、村田はとっさにひらめいた。

――そうかっ、反対の北西があやしいぞ！　第一波が撃ちもらした敵空母は、北西の方角へ逃れたのにちがいない！

そう推測するや、村田はより俊敏な彗星爆撃隊を北西方面の捜索に差し向け、本隊から分離することにした。

その間わずか数秒。村田は、飛龍降下爆撃隊を直率する坂本明《あきら》大尉を別動隊の指揮官とし、坂本隊に一八機の紫電をゆずって〝北西へ急げ！〟と命じた。

その命令を受け、坂本も瞬時に村田隊長の考えを察し、別動隊をすぐさま北西へ導いた。

それをしっかり見届けてから、眼下をゆく残存の米空母六隻をやるために、村田機は低空へ舞い下りつつ、いよいよ突撃命令を発した。

『全軍突撃せよ！（トトトトトッ！）』

時に午前九時二分――。グラマンの迎撃を受け始めてからすでに一〇分が経過しており、村田機が突撃命令を発したこの時点で、第二波攻撃隊の兵力は、紫電三九機、彗星三三機、天山六六機の計一三八機となっていた。

ちなみに、この数字には第四空母群の「エセックス」へ襲い掛かった天山九機はふくまれておらず、これまでに第二波攻撃隊は、紫電二四機、彗星二一機、天山三三機の計七八機を撃退もしくは撃墜されていた。

残る攻撃兵力一三八機のうち、紫電一八機と彗星三三機が周知のとおり坂本別動隊として北西をめざしており、あとの紫電二一機と天山六六機が村田本隊として第一群、第三群の米空母へ今、襲い掛かろうとしていた。

はたして、村田機が突撃命令を発したその直後のことだった。

後部座席に乗る偵察員の星野飛曹長がにわかに声を上げ、村田に報告した。

「やりましたっ！　たった今、西の大型空母から三本、水柱が昇りました！　うまく仕留めたのにちがいありません」

星野が言うとおり、空母「エセックス」に襲い掛かった天山九機は、敵戦闘機から追撃を受けて三機を失いながらも、残る六機が魚雷の投下に成功し、魚雷三本を命中させたのだった。

不運な「エセックス」は右舷へ立て続けに魚雷三本を喰らい、右へ急激に傾いて、たしかに沈みつつあった。星野もその様子を確認することはできなかったが、村田もこくりとうなずいて〝沈没はまちがいない！〟と確信した。

それはよかったが、めざす米空母群の上空では空母「ワスプⅡ」から飛び立った一三機のヘルキャットが待ち構えており、それら敵機から思わぬ急襲を受け、村田本隊は降下中に紫電三機と天山四機をさらに失った。

後方からもグラマンが迫りつつあるのでもはや一刻の猶予もならない。敵艦隊の全貌を確認している余裕はなく、高速で遁走《とんそう》を企《くわだ》てた空母「ワスプⅡ」をまたしても取り逃してしまった。

しかし、残る敵空母はいずれも速力が二五ノット以下に低下していた。

いや、第一波の空襲を逃れていた軽空母「サンジャシント」はまもなく速力三〇ノットで遁走し始めたが、およそ初動が後れて、村田雷撃隊からすかさず狙われた。

帝国海軍最精鋭の雷撃隊だ。村田機以下は猛烈な対空砲火でさらに一七機を失いながらも、第一空母群の「ヨークタウンⅡ」に魚雷二本、「イントレピッド」に魚雷三本、「ベローウッド」と「サンジャシント」にも魚雷二本ずつを命中させて、「イントレピッド」と二隻の軽空母にきっちりと致命傷を負わせた。

第一空母群で唯一「ヨークタウンⅡ」のみがいまだ一〇ノットで自力航行していたが、「イントレピッド」は左へ大傾斜して航行を停止し、「ベローウッド」と「サンジャシント」は脆くも、左右へ大きく傾いて波間に没しようとしていた。

いや、それだけではない。

同時に第三群の空母「バンカーヒル」も魚雷三本を喰らってすでに航行を停止しており、同艦は同じ第三群で先に沈没していた軽空母「プリンストン」のあとを追うようにして、波間へすがたを消そうとしていたのだった。

村田雷撃隊は結局、天山四五機が魚雷の投下に成功し、「ワスプⅡ」を除く五隻の米空母に対して全部で一二本の魚雷を命中させて、その命中率はおよそ二六・七パーセントに達していた。

いっぽうそのころ、坂本大尉の率いる別動隊は苦戦を強《し》いられていた。

米空母の第二群は実際には北北西で行動しており、坂本らはそれを見つけ出したまではよかったが、敵空母群上空では二〇機を超える敵戦闘機が待ち構えていた。

日本軍・第一波攻撃隊の空襲を逃れていた第二群のエセックス級空母「ホーネットⅡ」「レキシントンⅡ」には、被弾や燃料切れなどで一時着艦を余儀なくされたヘルキャットが退避、収容されており、ガソリンの補充や応急修理を終えたそれらヘルキャットの一部が再び上空へ舞い上がり、戦いに加わろうとしていたのだった。

両空母から再度、飛び立ったヘルキャットは実際には二二機をかぞえ、そこへちょうど別動隊がやって来たのだから、坂本隊はおよそ〝飛んで火に入る夏の虫〟となってしまった。

無理もない。米空母群の位置は予想より右方へずれていたし、いまだ発見されていない敵空母を捜索しながらの進軍となったため、坂本らはどうしても洋上に気を取られてしまい、上空に対する見張りがおろそかになった。

それでも一機の紫電がグラマンの襲撃にハタと気づいたが、気づくのがいかにも遅すぎて、別動隊は、高空で待ち構えていた敵機から、ほとんど不意打ちの一撃を喰らった。

この一撃で紫電四機と彗星六機がたちまち失われ、その後も別動隊はグラマンから執拗に攻撃を受けた。

坂本機以下は、午前九時一二分ごろにようやく空母群上空への進入に成功したが、そのときにはもう、二〇機以上が落伍しており、残る別動隊の兵力は紫電八機、彗星二一機の計二九機となっていた。

坂本大尉はそれでも怯《ひる》まず突撃命令を発し、指揮官先頭で一方の大型空母へ向け突入して行ったが、激烈な対空砲火により、さらに彗星一〇機が失われてしまった。

坂本機も例外なく被弾し、ガソリン・タンクに孔を開けられたが、それでもかれは空母「ホーネットⅡ」に意地の爆弾を命中させて、同艦をしばらく戦闘不能におとしいれた。

飛行甲板の後ろ寄りに命中したその五〇〇キログラム爆弾は、格納庫で修理中のヘルキャットを吹き飛ばして粉砕し、飛行甲板にも大破孔を生じせしめた。

結果、「ホーネットⅡ」は復旧におよそ一時間を要する中破の損害をこうむったが、被弾した坂本機もタンクからガソリンが漏れ出し、途中洋上で力尽き、不時着水することになる。

攻撃に成功した彗星は結局、坂本機をふくめてわずか一一機だったが、もう一機も「レキシントンⅡ」に見事、爆弾を命中させており、同艦にも中破の損害をあたえていた。

けれども、致命傷をあたえるところまではいかず、「ホーネットⅡ」はいまだ二九ノットでの航行が可能で、「レキシントンⅡ」も四〇分後には飛行甲板の復旧に成功し、速力三〇ノットを維持していたのだった。

午前九時三五分にはすべての日本軍機が上空から飛び去り、第五八機動部隊はこの時点でエセックス級空母「バンカーヒル」と「エセックス」の二隻を失い、インディペンデンス級軽空母「プリンストン」「ベローウッド」「サンジャシント」の三隻も失っていた。

加えて、エセックス級の「イントレピッド」もすでに航行を停止していたが、ミッチャー少将は味方空母が受けた損害と〝同等以上の損害を敵にあたえる可能性がある！〟と信じ、戦いを断じて捨てていなかった。

5

日本軍・第二波攻撃隊もまた、紫電三三機、彗星三六機、天山四五機の計一一四機が未帰還となり、その損耗率は、じつに五〇・六パーセントに達していた。

村田少佐は残存の列機を率いて午前九時三三分ごろに帰途に就いたが、今度は帝国海軍の空母が攻撃を受ける運命にあった。

第一機動艦隊の旗艦「大鳳」のレーダーが午前九時七分ごろに敵機大編隊を探知し、小沢中将は手元に残しておいた全戦闘機に対して、ただちに発進を命じた。

その命令を受け、一七七機の紫電が九時一五分までにすべて迎撃に舞い上がった。

「米軍攻撃隊は、午前九時四五分ごろに上空へ進入して来ると思われます！」

通信参謀はそう報告したが、午前九時二五分には早くも空中戦が始まった。迎撃戦闘機隊の紫電は第一機動艦隊の手前（東南東）・約四五海里の上空で迎撃網を構築、そこへ米軍攻撃隊の第一群がやって来たのだ。

攻撃距離が二〇〇海里を超えるため、米軍攻撃隊はガソリンを少しでも節約しようと例によって空中集合を実施していなかった。

来襲した第一群の兵力は、ヘルキャット戦闘機六〇機、ヘルダイヴァー爆撃機一八九機、アヴェンジャー雷撃機六三機の計三一二機。

アヴェンジャーの巡航速度が時速一二八ノットとおそいため、あとから発進して来たヘルキャットもすっかり追い付いていた。

米軍艦載機は軒並み巡航速度がおそい。レーダーで敵機の接近を探知した日本側は、自軍艦隊のかなり手前でこれを迎え撃つことができた。

まもなく戦闘機同士の戦いが始まった。

敵攻撃隊の第一群には六〇機のヘルキャットが随伴していたが、その動きを掣肘するのに紫電は七〇機を必要としなかった。

紫電は、ほぼ同数の六三機が敵戦闘機に戦いを挑み、残る一一四機がアヴェンジャーやヘルダイヴァーに波状攻撃を仕掛けてゆく。ヘルキャットはその対応に振りまわされた。

紫電は両翼あわせて四八〇発もの二〇ミリ弾を携行しており、それを出し惜しみする必要はおよそなかった。獲物にあり付くや紫電は二〇ミリをぶっ放して、ヘルダイヴァーやアヴェンジャーを容赦なく粉砕してゆく。

ただし、米軍艦載機は総じて撃たれ強く、来襲した数があまりにも多い。そのため紫電も深追いは避け、撃ち落とすことよりも、撃退することに重きを置いた。最大の使命は味方空母を護ることであり、紫電の搭乗員はみな、そのことをしかと心得ていた。

アヴェンジャーやヘルダイヴァーが次々と火を噴いてゆく。紫電のプロペラは四翅《し》で射撃時の据わりも良く、二〇ミリ弾の命中率がこれまでよりかなり向上していた。

白面のパイロットはみな、紫電にまみえるのはこれがはじめてで、これまでとはまるで勝手がちがう。相手がゼロ戦なら〝いざ!〟というときにはかなりの確率で、急降下で逃れることができたが、紫電の追撃を振り切るのは、まったく容易なことではなかった。

紫電一機が、およそ五分に一機の割合で敵機を落伍させてゆく。そうした攻撃が一〇分以上も続き、第一群の残る米軍攻撃機は今や、ヘルダイヴァー三九機、アヴェンジャー一五機の計五四機となるまでに激減していた。

むろん紫電のほうにも被害が出ており、すでに三三機を返り討ちにされていたが、紫電はこれまでにヘルキャット一二機をふくむ九九機の敵機を撃墜し、一一一機の米軍攻撃機を味方艦隊近くの上空から退散させていた。

あと五分もすれば第一群の米軍機は〝すべて退散するかっ!?〟と思われたが、午前九時三八分にはその兵力バランスがくずれた。

米軍攻撃隊の第二群が後ればせながら、空戦場にすがたを現したのである。こうなると、紫電は第一群ばかりにかまってはおられない。

第二群の兵力はヘルキャット二八機、ヘルダイヴァー六三機、アヴェンジャー一二六機の全部で二一七機だった。

紫電の搭乗員からすれば、これまでにせっかく撃退した二〇〇機余りの敵機が、もう一度、湧いて出て来たような錯覚におそわれて嫌気が差してならない。

しかし、ここが〝我慢のしどころ！〟と、ふんどしを締めなおして、多くの紫電が新手の敵機に襲い掛かった。そのため第一群の残るヘルダイヴァーやアヴェンジャーの多くが、紫電の追撃からようやく解放された。

そして、それら五〇機ほどの米軍攻撃機が、ついに第一機動艦隊の上空へ進入して来た。小沢中将は最も防御力に優れる一航戦の大鳳型三空母を敵方近く（東南東）へ配していたのだった。

敵機の進入をゆるしたとみるや、見張り員が東の空をとっさに指差し、「大鳳」「白鳳」「玄龍」の三空母は西進しつつ左右へ大きく分かれ、高速で疾走し始めた。

艦隊はむろん輪形陣を敷いており、空母の周囲を比叡型戦艦などががっちりと固めている。日本軍艦艇の撃ち上げる三式弾をまじえた対空砲火もまた、激烈だった。

ヘルダイヴァーやアヴェンジャーは無数の砲火にさらされ、さらなる洗礼を受けたが、さしもの三式弾もＶＴ信管付き砲弾ほどの威力はなく、対空砲火による被害は十数機にとどまった。

結局、ヘルダイヴァー三一機とアヴェンジャー一〇機が投弾に成功し、懸命の回避運動もむなしく大鳳型三空母の艦上から、まばゆい閃光が続けざまにひらめいた。

小沢も命中を目の当《ま》たりにし、とっさに目を伏せ、顔をそむけた。

米軍雷撃隊の技量は相変わらず稚拙《ちせつ》で、幸い魚雷の命中は一本もなかった。

が、「大鳳」「白鳳」「玄鳳」の三空母はいずれも一〇〇〇ポンド爆弾二発ずつを喰らい、艦上から煙がもうもうと立ち昇っている。

「大鳳」の飛行甲板はおよその衝撃に耐えられるはずだが、命中の瞬間、爆弾の甲高い炸裂音が周囲に鳴りひびき、決して気持ちのよいものではなかった。

みなが心配そうに状況を注視している。

やがて消火に成功し、「大鳳」の被害はおよそ軽微であることがわかった。小沢も思わず胸をなでおろす。すると、そこへ連絡が入り、「白鳳」もまた、小破程度の被害で済んだことがわかった。

けれども「玄鳳」は、装甲が施されていない飛行甲板の端の方に爆弾一発を喰らい、消火に一〇分ほど掛かって、飛行甲板に歪《ゆが》みを生じたことが判明した。

——そりゃ六発に一発ぐらいは、装甲の無い所に爆弾を喰らうようなこともあるだろう……。

小沢はそう思ったが、やがて「玄鳳」艦長の小《こ》西要人《にしかなめ》大佐から、より詳しい報告が入り、それを聴いて小沢は、大きくうなずいたのだった。

『本艦は、左舷・艦中央付近・飛行甲板の左端を欠損し、同甲板に歪みを生じるも艦載機の発進に支障なし！　ただし、着艦作業に慎重を期すため機の収容には通常より時間を要する』

これによると、「玄鳳」は、着艦にはすこし時間が掛かりそうだが、発進に問題はない、というのだから、戦闘力を充分維持しているといえた。

いつもより余計に時間が掛かったとしても〝着艦収容も可能だ！〟というのだから、小沢が顔をほころばせるのも当然だった。

一発の爆弾は装甲部を外れて飛行甲板の端に着弾したが、それでも被害を局限することができたので、飛行甲板に施した九五ミリの装甲はやはり有効にはたらいたといえる。

重装甲を施した飛行甲板の〝センター・ライン部分〟がしっかりと原状を保っておれば、機はどの道、そのライン上を一機ずつしか滑走しないため、発着艦にほぼ支障はないのであった。

――なるほど、飛行甲板の一部に歪みを生じたとすれば、いつもよりは、着艦に慎重を期す必要があるだろう……。

元来、航空屋でない小沢も、着艦しようとする搭乗員の心理を理解することはできた。

時刻は午前九時五〇分になろうとしている。

第一機動艦隊は敵機の攻撃をひとまず凌《しの》いでみせたが、第二の米軍攻撃隊はもはや指呼の間まで迫っていた。

迎撃戦闘機隊の紫電はさらに二四機を失い、その数を一二〇機にまで減らしていた。かれらも懸命になって敵機の進入を阻止しようと第二群のヘルダイヴァーやアヴェンジャーに喰らい付いていたが、今度はおよそ一二分に及ぶ空中戦でヘルキャット一〇機をふくむ六八機の敵機を撃墜し、さらに六二機の敵攻撃機を退散させるので精いっぱいだった。

小西艦長の報告に小沢がうなずいた直後、見張り員が再び上空を指差し、警告を発した。

「こっ、今度は数が多い！　七〇機ちかくに及ぶ敵機が七時の方向から進入して来ます！」

見張り員の眼に狂いはなく、紫電の迎撃網を突破した第二群の米軍攻撃機はヘルダイヴァー二四機、アヴェンジャー四五機の計六九機に及び、それら敵機がまたしても、第一機動艦隊の各空母に襲い掛かって来た。

小沢艦隊の全艦艇が再度、しゃかりきとなってありったけの対空砲をぶっ放す。さしもの米軍機もそれをすべてかわすことはできず、第一機動艦隊は対空砲火による反撃で、一三機の敵攻撃機を投弾前に撃墜してみせた。

しかしそれが限界、砲火を掻いくぐったヘルダイヴァー一九機とアヴェンジャー三七機が次からつぎへと狙う空母へ襲い掛かり、容赦なく爆弾や魚雷を投じていった。

大鳳型空母三隻はいずれも三〇ノットの速力を維持しており、西へ先行していた旗艦「大鳳」は運良く、今回は空襲をまぬがれた。が、「白鳳」「玄鳳」はまたもや敵機の猛攻にさらされて、その近くで航行していた三航戦の旗艦「飛龍」もおよそ巻き添えを喰った。

敵機の進入をゆるすや、「玄鳳」「飛龍」は右へ大回頭し始め、「白鳳」は「玄鳳」との衝突を避けるために左へ大回頭した。三空母の速力はもはやいずれも三〇ノットを超えている。

最初に狙われたのは「白鳳」だった。同艦は投じられた爆弾の四発目までを次々とかわしてみせたが、五機目のヘルダイバーが投じた爆弾を前部飛行甲板に喰らい、その直後から行き足がおとろえて速力が二七ノットに低下してしまった。そこへ六機のアヴェンジャーが猛然と突っ込み、不運な「白鳳」はそれをかわし切れず、ついに一本の魚雷を右舷に喰らってしまった。

それでも「白鳳」はしばらく二五ノットの速力を維持していたが、爆撃を受けた前部エレベーターより前の飛行甲板にはあいにく装甲が施されていなかった。

そのため艦首近くが激しく燃え上がり、業火と熱で消火に手間取って、結局、火を消し止めるのに二〇分以上も掛かってしまった。その間、延焼を防ぐために「白鳳」は速度を二〇ノットに落とさねばならず、そこへさらに六機のアヴェンジャーが襲い掛かって来たのだった。

すでに「白鳳」は魚雷一本を右舷・前寄りの舷側に喰らっていた。すこし後れて最後に進入して来たそれらアヴェンジャーは六機とも右舷側から迫っており、艦長の朝倉豊次大佐もさすがに、これ以上〝右舷に魚雷をもらうと危ういぞっ!〟と覚悟を決めた。

速度を上げようにも二〇ノット以上に上げることができず、急ぎ面舵を命じても到底、避けられそうになかった。魚雷をさらに喰らうのは必至の状況だが、たとえ一本でも命中を減らそうと、進退きわまった朝倉艦長はここで非常手段に打って出た。

「急ぎ減速せよ! 速度を一〇ノットまで一気に落とせ!」

しかし、そのときにはもう、敵機はすべて魚雷を投下しており、案の定、最後に投じられた六本目の魚雷がスルスルと「白鳳」の舷側へ近づきつつあった。

――いかん、これはやられるぞっ! 「白鳳」はついに戦闘力を奪われる……。

もはや為すすべなく、朝倉はすっかり観念したが、その直後のことだった。

右後方から猛然たるいきおいで戦艦「比叡」が現れて、「白鳳」への魚雷の命中を阻止してくれたのだ。次の瞬間、巨大な水柱が昇り、水しぶきのかたまりが「白鳳」の飛行甲板にも落ちて来たほどだった。窮地を救われて朝倉が、とっさに目を凝らして観てみると、「白鳳」へ寄り添うようにしてすぐ右横へ並び掛けた「比叡」の舳先《へさき》は、大きくひしゃげていた。

戦艦「比叡」の艦長は有賀《あるが》幸作《こうさく》大佐が務めている。海兵では朝倉の一期下だが、朝倉がとりもなおさず『間一髪で救われた！』と信号すると、有賀も『間に合い、なにより！』と応じて来た。

むろん、朝倉が「白鳳」の速度を一気に低下させたからこそ、「比叡」の助太刀が間に合ったのだが、凌波性《りょうはせい》の悪化した「比叡」の出し得る速力は二三ノットまで低下していた。

敵機はすでに上空から飛び去っている。それから五分ほどして、「白鳳」はようやく前部・飛行甲板下の火災を消し止めたが、右舷に大量の浸水をまねき、速力はやはり二五ノットまでしか回復しなかった。

もはやこうなると、攻撃隊の全力発進は不可能で、朝倉は、「大鳳」の小沢長官に対して『本艦は作戦行動〝可〟なるも戦闘力は半減！』と報告したのであった。

二番艦「白鳳」が作戦可能であるとわかり、小沢は、一旦はうなずいてみせた。

同時に空襲を受けた三番艦「玄鳳」もまた、爆弾一発と魚雷一本を喰らっていたが、こちらもいまだ作戦を続行している。「玄鳳」の速力も二六ノットに低下していたが、艦載機の発着艦に支障はなさそうだった。

敵機がすっかり上空から飛び去ると、一航戦の三空母「大鳳」「白鳳」「玄鳳」はまもなく紫電の収容を開始した。

それはよかったが、問題は同時に攻撃を受けていた三航戦の旗艦「飛龍」だった。

いや、敵爆撃機のうちの一機が途中で標的を変更し、三航戦の二番艦「飛鷹」にも爆弾一発を命中させていたが、同艦は難なく消火に成功し、飛行甲板に開いた孔も二〇分後には塞いで事なきを得ていた。

だが「飛龍」はまったく付いていなかった。魚雷二本と爆弾一発を喰らった「飛龍」は、速力が二〇ノットまで低下していたものの、沈むような気配は見せていなかった。爆撃による破孔もきっちりと塞いだが、二本目の魚雷が命中した衝撃で前部エレベーターが途中で止まってしまった。

そのままでは艦載機を運用できないため、エレベーターの開口部を急ぎ塞いだが、被雷した衝撃で漏れ出したガソリンの気化ガスがじつは艦内に充満しており、行き場をうしなったガスがなんらかの原因で引火、「飛龍」は、突如として大爆発を起こしてしまった。

爆発による揺れは大震災を思わせるほどで、後続していた重巡「筑摩」の艦橋からは、大爆発とともに「飛龍」側面の隔壁を火柱が突き破り、乗組員が海へ吹き飛ばされる、という悲惨な光景が目撃された。

不運な「飛龍」は、その後も艦内各所で爆発をくり返し、被弾からおよそ一時間後の午前一一時八分、ついに海中へ没していったのである。

三航戦司令官の松永貞市中将はかろうじて脱出に成功し、旗艦を三番艦「隼鷹」に変更した。

午前一〇時一五分過ぎには戦闘機の収容を開始し、被弾した「白鳳」「玄鳳」「飛鷹」の三空母もほどなくしてその収容に加わったが、「飛龍」はすでに断末魔を迎えており、とても着艦させられるような状態ではなかった。

結局、旗艦「大鳳」は小破程度の被害で乗り切り、「白鳳」「玄鳳」「飛鷹」の三空母も中破程度の被害でこの空襲を乗り切ったが、「飛龍」が沈没するのはもはや時間の問題で、小沢としては手放しではよろこべなかった。

——いずれこういうこともあろうかと覚悟してはいたが、やはり装甲空母も、決して万能ではなかった……。

帝国海軍が装甲空母を失うのはこれがはじめてのことであり、沈没にいたった原因をあらためて調査する必要がある。

被弾直後は「飛龍」の復旧作業もおよそ順調で沈むようなことはないと報告されていたが、航空ガソリンの気化が原因で大爆発を起こしたとすれば、今後のためにも、その対策は徹底的に講じておく必要があった。

迎撃戦闘機隊の紫電は結局五七機を失い、残る一二〇機の収容は午前一〇時二五分に完了した。

また、敵の空襲が終わるや、第一波攻撃隊も艦隊上空へ順次帰投し始め、それら攻撃機の収容も午前一〇時五〇分には完了した。

さらに第二波の攻撃機も時を置かずに帰投し始め、第一、第二機動艦隊は午前一一時一五分には攻撃隊の収容をすっかり終えた。

そして、両艦隊の航空兵力はこの時点で、紫電二二八機、彗星九三機、天山九六機、艦偵一五機の計四三二機となっていたのである。

小沢中将は大事を取って、被雷した「比叡」にトラックへ退避するよう命じた。

6

米軍・第一次攻撃隊は大半の搭乗員がはじめて空母戦に参加したにもかかわらず、確実に一五発以上の命中弾（爆弾一〇発、魚雷五本）を敵艦にあたえたと報告しており、ミッチャー少将は少なくとも〝空母五隻は撃破したにちがいない！〟と考えていた。

事実「大鳳」「白鳳」「玄鳳」「飛龍」「飛鷹」の五空母が被弾していたのはたしかにそのとおりだったが、実際には、戦闘力を完全に喪失した日本の空母は、周知のとおり「飛龍」わずか一隻のみであった。

搭乗員の報告には誤認が付きものだが、ミッチャーも当然そのことは承知している。第一次攻撃隊が空襲を終えて帰途に就くと、ミッチャーは敵艦隊との接触を保つために八機のヘルキャットに発進を命じた。

それらヘルキャットで索敵をおこない、同時に戦果確認もしてやろうというのであった。

八機のヘルキャットは午前一〇時一〇分過ぎに空母「ホーネットⅡ」と「レキシントンⅡ」から飛び立った。

ところが、八機が発進してまもなく、戦艦「ニユージャージー」からまたもや通報が入った。

通信参謀が駆け込み、それを報告する。

「敵機大編隊が再度、西北西から近づきつつあります！　その数一五〇機以上。あと三五分ほどで上空へ来襲すると思われます！」

これを聞いてミッチャーは自分の耳を疑わざるをえなかった。日本軍機動部隊はこれまでに全航空兵力をはたいて攻撃して来たはずで、いましばらくは、敵艦載機が来襲するようなことは絶対にないはずだった。

敵空母が帰投機を収容して、再び第五八機動部隊の上空まで攻撃隊を出して来るのに少なくとも三時間は掛かる。が、最後に来襲した敵攻撃隊は四〇分ほど前に味方空母群の上空から引き揚げたばかりで、いまだ敵空母に収容すらされていないはずだった。

「そりゃ、なにかのまちがいだろう。……『ニュージャージー』の通信兵が帰投中のわが攻撃隊と誤認したのじゃないか⁉」

「いいえ、敵味方の確認をおこなったところ、断じて敵機だ！　と言い張っております」

通信兵がそう即答するや、ミッチャーは首をかしげながらもピンときた。

――いや、待てよ……。そうかっ！　これはひょっとすると、エニウェトクから発進した敵機かもしれないぞ！

そのとおりだった。

時間は随分さかのぼるが、本日早朝・午前六時二五分ごろに、軽空母「千歳」から発進していた二式艦偵がミッチャー機動部隊を発見して、全軍にその位置を知らせると、ブラウン（エニウェトク）環礁内に碇泊していた、第二航空艦隊・戸塚道太郎中将の旗艦・軽巡「大淀」もその報告電をもれなく受信していた。

同艦偵の報告によると、米軍機動部隊はブラウンの東南東およそ五二〇海里の洋上まで近づいており、なおも西進中であることがわかった。

味方・第一、第二機動艦隊と米軍機動部隊とのあいだで戦いが生起するのはもはや必定で、戸塚中将は味方艦載機の攻撃と呼応して米空母を空襲するためにただちに攻撃を決意、ブラウン航空隊司令官の市丸利之助少将に対し、攻撃隊の出撃を命じたのだった。

戸塚司令部の命令に応じて、市丸少将は即座に攻撃隊の出撃準備をおこない、午前六時四五分を期してブラウンの各飛行場から零戦や陸攻、銀河などが一斉に離陸を開始した。

その兵力は周知のとおり零戦五四機、一式陸攻三六機、銀河七二機の計一六二機だったが、基地からの発進は母艦からの発進のように寸秒を争って飛び立つことができず、全一六二機がようやく離陸を完了したのは一時間後、午前七時四五分のことだった。

零戦は全機が増槽を装備しており、一式陸攻はすべて雷装、銀河はすこしでも航続距離を伸ばすために、全機が五〇〇キログラム爆弾一発ずつの装備で出撃していた。

市丸少将もまた、米軍機動部隊は〝五〇〇海里圏内に近づいて来るにちがいない！〟と予想していたが、発見時、敵との距離は〝五二〇海里〟と報告されたので、零戦は航続力が不足する恐れもあった。そこで市丸少将は一計を案じ、零戦の全搭乗員に対処策を授け、その上でかれらに出撃を命じていたのだった。

「よいか。攻撃距離が万一、四五〇海里を超えた場合には、無理にブラウンへもどろうとする必要はない。洋上の艦隊司令部からあらかじめ了承をもらっておくので、味方機動部隊の上空へ向かい空母に着艦せよ！」

すると、一人の下士官がさっと手を上げ、市丸に質問した。

「わたしは訓練でしか空母に着艦したことがありませんが、それでも大丈夫ですか？」

およそ三分の一の搭乗員が、かれと同じように訓練でしか着艦したことがなかった。

「ああ、かまわん！　しかし、空母を傷付けるようなことがあってはならない。……よほど自信のない者は、無理に着艦しようとせず、近くの海へ不時着水せよ」

全員が、訓練では練習空母「鳳翔」に着艦したことがあるため、市丸は即座にそう応じた。

小型の「鳳翔」に着艦できるのだから、より大きな飛行甲板を持つ艦隊用空母への着艦は、おそらく全員が〝成し遂げるだろう……〟と、市丸はみていたのである。


ブラウン基地発進の攻撃隊は、離陸に一時間を要した上に、零戦、一式陸攻の巡航速度に合わせて一六〇ノットで進撃してゆく必要があった。母艦発進の攻撃隊は新型機ぞろいで一八〇ノットの巡航速度で進軍できたが、それより二〇ノットは遅かった。そのため米艦隊上空への到達はかなり後れてしまった。

そしてそれら日本軍機の接近を、まもなく「レキシントンⅡ」のレーダーも探知した。

「敵機の来襲時刻は午前一〇時四五分ごろと予想されます！」

エニウェトク環礁までの距離は四八〇海里ほどとなっており、ミッチャーは俄然《がぜん》〝基地からやって来た敵機にちがいない！〟と直感、ヘルキャットの発進をすでに命じていた。

しかし、敵空母機との戦いで深手を負ったものが二〇機ほどあり、ただちに発進可能なヘルキャットは一六四機となっていた。

ただし、新手の敵機群はこれまでの敵機群より巡航速度で若干、劣っていたため、それらヘルキャットは自軍艦隊の手前およそ四〇海里の上空で迎撃態勢をととのえることができた。

はたして、午前一〇時三〇分には空の戦いが始まり、ブラウン発進の日本軍攻撃隊はヘルキャットのすさまじい攻撃にさらされた。

速力の劣る零戦ではヘルキャットの猛攻におよそ歯が立たず、ブラウン航空隊は次からつぎへと攻撃機を失ってゆく。ほとんど一方的といってよいほどの、猛烈な攻撃が一五分ちかくにわたって続いた。

海へ墜落してゆくのは日本軍機ばかりだ。

とくに魚雷を抱いた一式陸攻は、ヘルキャットに襲い掛かられるとひとたまりもなかった。

一式陸攻は次々と火を噴いて落ちたが、ヘルキャットのパイロットも銀河を眼にしたのは、このときがはじめてだった。

新型の日本軍双発爆撃機は意外にも優速で、逃げ足が速い。しかも、双発機とは思えぬほど運動性能に優れており、不用意に近づいたヘルキャットが二〇ミリ弾の反撃を受けて、返り討ちに遭う場面も散見された。

とはいえ、ヘルキャットの運動性能にはとてもかなわず、銀河もまた着実に、その数を減らしてゆく。

ブラウン航空隊の損害機数はすでに一〇〇機を超えており、残る兵力は零戦一五機、一式陸攻八機、銀河三〇機の五三機となっていた。

対するヘルキャットの被害は一二機でしかなかったが、それでも日本軍機の進入を完全に阻止することはできなかった。

ヘルキャットの迎撃網を掻いくぐった日本軍機が狂ったように突入して来る。狙われたのは最も北西寄りで行動していた第二空母群だった。

エセックス級の空母「ホーネットⅡ」「レキシントンⅡ」は、日本軍・第二波攻撃隊の別動隊（坂本隊）から空襲を受け、両艦ともすでに爆弾一発ずつを喰らっていた。

速力は三〇ノット程度に低下していたが、両空母ともまだまだ健在で、対空砲火もいまだ充分に活きていた。

その猛烈な砲火にさらされて一式陸攻はついに全滅し、銀河も投弾する前に一二機を撃墜されてしまった。

零戦を除く攻撃兵力は今や、銀河一八機のみとなっていたが、それら日本軍機が逆落としとなって、猛烈ないきおいで急降下を開始したのだからたまらない。にわかに泡を喰ったのはミッチャーのほうだった。

――な、なんだとっ！　双発機のくせに、急降下爆撃をやるのかっ⁉

驚いたのはミッチャーばかりではなかった。米軍将兵の多くがそう気づいたときには、もはや六機ほどの銀河が、狙う空母の頭上から逆落としとなっていた。

艦長が叫ぶようにして転舵を命じ、「レキシントンⅡ」と「ホーネットⅡ」は急ぎ大回頭してそれをかわそうとした。が、まさか急降下爆撃を受けるとは思ってもみず、両空母の初動はあきらかに後れた。

内地で錬成中のところを駆り出されたため、銀河搭乗員の訓練はいまだ充分ではなかった。

練度は決して高くなかったが、技量が未熟ながらもかれらは決死の突入を試み、見事「レキシントンII」に五〇〇キログラム爆弾一発を命中させて、空母「ホーネットII」にももう一発の爆弾を命中させた。

戦陣を切って爆弾を命中させたのは二番機と三番機だった。二機は米空母の舵が効き始めるその前に爆弾を命中させたが、爆弾が炸裂した直後に米空母の艦上から黒煙が立ち昇り、その後は俄然視界が遮《さえぎ》られた。

続けて一〇機以上の銀河が両空母をめざして降下したが、急激に視界が悪くなり、この悪条件をおかして爆弾を命中させるほどの技量は、いまの銀河搭乗員にはなかった。


やがて両空母の舵も効き始め、続けて降下した銀河は一機も命中を得ることができなかった。

とはいえ、命中した二発はいずれも破壊力の大きい五〇〇キログラム爆弾だ。

座乗艦「レキシントンII」の艦上からもうもうと黒煙が昇り、ミッチャーも心配そうに陥没した飛行甲板を見下ろしている。

火災はおよそ一〇分後に消し止めたが、「レキシントンII」の速力は一時二〇ノットちかくまで低下して、飛行甲板の復旧にすくなくとも三〇分は掛かることがわかった。

同じく爆弾一発を喰らった「ホーネットII」はおよそ五分で消火に成功し、二〇分ほどで飛行甲板の復旧を終えそうだった。しかし、同艦もまた速度が低下しており、両空母とも出し得る速力は二六ノットまでしか回復しなかった。

――あと、もう一発でも爆弾を喰らえば、「レキシントンⅡ」も戦闘力を失うだろう……。

ミッチャーはそう思ったが、あと一時間と経たずして、第一次攻撃隊の味方艦載機が上空へ続々と帰投して来る。ミッチャーは、それまでに是が非でも「レキシントンⅡ」の飛行甲板を修理するように命じた。

帰投中の攻撃機は断じて収容するが、作戦を続行すべきかどうか悩ましいところで、それが最大の問題だった。帰投機を収容して第二次攻撃を仕掛ければ、相当数の敵空母を撃破できるかもしれないが、「レキシントンⅡ」「ヨークタウンⅡ」も再度、空襲を受け、致命傷をこうむると覚悟しておく必要があった。

時計の針は今、ちょうど午前一一時をまわったところだった。

この時点で、まったく被害を受けていない空母は、エセックス級の「ワスプⅡ」とインディペンデンス級の「キャボット」「モントレイ」「ラングレイ」「カウペンス」の五隻となっていた。

そして、復旧作業中の空母はいずれもエセックス級で、第二空母群の「ホーネットⅡ」と「レキシントンⅡ」の二隻はいまだ戦闘力を維持していたが、第一空母群の「ヨークタウンⅡ」と「イントレピッド」は大破して戦闘力を喪失し、「イントレピッド」にいたっては、すでに航行を停止して廃艦同然となっていた。

ちなみに、エセックス級は「バンカーヒル」「エセックス」の二隻が沈没、インディペンデンス級は「ベローウッド」「サンジャシント」「プリンストン」の三隻がすでに沈没し、第五八機動部隊はこれまでに五隻の空母を失っていた。

――使える空母はエセックス級三隻とインディペンデンス級四隻か……。おそらく二五〇機程度を第二次攻撃に出せるだろうが、だとすれば、ジャップの空母をあと二、三隻は撃破できるかもしれないな……。

ミッチャーはそう算段していたが、戦いを続行すれば第五八機動部隊もまた再度、空襲を受けるため、「ヨークタウンII」「イントレピッド」「ホーネットII」「レキシントンII」の四空母を、さらに危険にさらすことになる。

まさに思案のしどころだが、そうこうするうちに、第一次攻撃隊のアヴェンジャーやヘルダイヴァーなどが、機動部隊の上空にぽつぽつと帰投し始めた。

午前一一時四〇分ごろからは、その収容作業に空母「レキシントンII」も加わった。

そして、「レキシントンII」の飛行甲板に続々とヘルダイヴァーなどが舞い下りて来たが、そこへ待っていた報告が飛び込んで来た。

ミッチャーが通信参謀から報告を受けたのは午前一一時四八分のことだった。

「司令官！　索敵に出たヘルキャットからたった今、報告が入りました。……敵艦隊は『レキシントンII』の西北西およそ二二五海里の洋上を遊弋中で、敵空母は全部で一三隻。それら飛行甲板上で敵機が続々と整列しつつある、とのことです！おそらく敵空母の多くが、攻撃隊を準備しているのではないでしょうか……」

敵空母の飛行甲板上に〝敵機が続々と並べられつつある〟というのだから、ミッチャーは通信参謀に言われるまでもなく、敵は〝攻撃隊を準備しているのにちがいない！〟と思った。

　だが、どうしても腑《ふ》に落ちない点が一つだけある。ミッチャーは再度その点を、通信参謀に問いただした。

「今、敵空母の数を〝何隻〟と言った!?」

　その語気があまりに鋭いので、通信参謀は恐るおそる答えた。

「はい。一三隻と申し上げました……」

「その数に、まちがいはないなっ！」

「ま、まちがいございません！　ヘルキャットはたしかに〝一三隻〟と報じております」

　すると、ミッチャーは首をかしげながら、なおも執拗に問いただした。

「敵空母一三隻はいずれも飛行甲板上に艦載機を並べつつある、というのだな!?」

　通信参謀は一瞬、返答に窮したが、勇気をふり絞って率直に答えた。

「すべての敵空母が攻撃隊を準備しているのかどうか、それはわかりませんが、わたしは、大半の敵空母が攻撃隊を準備しているもの、と解釈いたしました」

　そう解釈するのがどう考えても自然にちがいなく、それは一三隻の敵空母がいまだ戦闘力を維持していることを意味していた。

　すると、二人のやり取りをじっと横で聴いていた参謀長のアーレイ・A・バーク大佐が、ついにおもい口を開いた。

「大勢は決したように思います。そろそろ退き時ではないでしょうか……」

「……だが、撃破することのできた敵空母がわずか〝一隻だけ〟とは、とても信じがたい……」

　ミッチャーが放心状態でつぶやくと、バークはそれにうなづきつつも返した。

「おそらく敵空母の多くが飛行甲板に装甲を施した装甲空母なのです。……わが攻撃隊はたしかに一五発以上の命中弾をあたえたのでしょう。ですが、ガ島をめぐる先の空母決戦（東部ソロモン海戦）でもそうでした。撃破した敵空母の数を見誤り、その結果「エンタープライズ」「サラトガ」「ホーネット」の三空母を一挙に失い、戦艦「サウスダコタ」まで撃破されたのです。……キンケイド提督が犯した過《あやま》ちをわれわれは二度と繰り返してはなりません」

バークの言うとおりだった。キンケイドは敵空母の〝多くを撃破した〟と信じるあまり引き際を見誤り、大敗北を喫したのだ。ミッチャーもそのことはよく承知していた。

「……だが、攻撃隊はいまだ帰投中だ。ぜひとも収容してやる必要がある……」

ミッチャーはなおもそうつぶやいたが、ちょうどそこへ、スプルーアンス中将の発した冷厳たる命令電が「レキシントンⅡ」に届いた。

『作戦を中止する！　第五八機動部隊は至急、東南東へ向けて退避せよ！』

第五艦隊の旗艦「インディアナポリス」もまたヘルキャットの索敵報告電を直接受信し、スプルーアンス中将の艦隊司令部は、いまだ〝一三隻の敵空母が作戦可能な状態にある！〟と判断したのにちがいなかった。

第五艦隊司令部の発した撤退命令を通信参謀が読み終えるや、バークはあらためてミッチャーのつぶやきに応じた。

「至急〝退避せよ〟となっておりますが、攻撃隊を見捨てるようなことはできません。……収容が終わり次第、撤退しましょう」

それでもミッチャーの態度は煮え切らなかったが、そこへ高速の日本軍偵察機が現れ、長文の報告電を発したことがわかった。

じつは、機動部隊指揮官の考えることは日米双方とも同じで、小沢中将は攻撃隊の収容を完了すると、米軍機動部隊との接触を保つために六機の二式艦偵を東方の索敵に出し、そのうちの一機が今、ミッチャー機動部隊の上空へ現れて、その位置を「大鳳」司令部に知らせたのだった。

「一〇隻以上の敵空母から再攻撃を受けるのは必定です。……司令官、ご決断ねがいます！」

バークがさらにそう進言すると、ミッチャーはがっくりと肩を落としてこれにうなずき、ついに敗北を認めて撤退命令を発した。

それはマーシャル現地時間で二月二九日・午後零時一五分のことだった。

そしてまもなく、最後のアヴェンジャーが「レキシントンII」に着艦すると、第五八機動部隊の全艦艇が、一斉に東南東へ向けて退避し始めたのである。

7

もはや完全に航行を停止していた第一空母群の空母「イントレピッド」は、日本軍の勢力圏下で置き去りとなるため、曳航《えいこう》をあきらめて、スプルーアンス中将の同意を得た上で、自沈処理されることが決まった。

これで第五八機動部隊はエセックス級空母三隻とインディペンデンス級軽空母三隻を失い、エセックス級・大型空母対大鳳型・重装甲空母の戦いに事実上、決着が付いた。

前者は三隻が失われたが、重装甲を持つ大鳳型空母は、この海戦に限っては、一隻も沈むことがなかった。

両空母の搭載機数には一艦当たり二五機ほどの開きがあったが、その程度の機数の多さでは、エセックス級空母の脆弱性《ぜいじゃくせい》をおぎなうことはできなかったのだ。

ただし、大量生産においてはエセックス級空母のほうが断然勝っており、一月三一日にはすでに八隻目のエセックス級空母「フランクリン」が竣工して、同艦はもうしばらくで習熟訓練を終える予定となっていた。

対する大鳳型空母はこの時点でいまだ三隻しか竣工しておらず、量産性を勘案すると、あながち大鳳型空母のほうが〝優れている！〟と断定することはできなかった。

とはいえ、天王山となる空母決戦にほぼ対等な空母兵力で挑み、手痛い敗北を喫したアメリカ海軍の受けた衝撃は大きかった。

一〇〇〇ポンド爆弾による急降下爆撃では、日本軍の主力空母に致命傷をあたえるのは、いかにも〝困難である！〟ということがこれではっきりとした。

この海戦を契機として、アメリカ軍機動部隊は空母に搭載する艦上機の比率を見なおし、雷撃機を主力とする編成に改めざるをえなかった。これまで急降下爆撃を重視してきたアメリカ海軍にとっては、コペルニクス的転回にちかい大きな方針転換を強いられることになるが、搭乗員の育成をふくめたこうした大転換は、さしものアメリカ海軍といえども、一朝一夕で成し遂げられるようなものではなかった。

いや、為すべきことは母艦航空隊の改編ばかりではない。

装甲空母の優位性がこの海戦ではっきりと証明され、以後はアメリカ海軍も、装甲空母の建造に本腰を入れざるをえなくなった。が、装甲空母の建造に関しては日本海軍に大きく水をあけられていたのである。


いっぽう帝国海軍も、空母の装甲化では米海軍に先行していたが、この勝利を決して手放しではよろこべなかった。

米軍機動部隊が撤退を決めた、その瞬間に、第一、第二機動艦隊の勝利は確定したといってよかったが、新鋭機・紫電を投入して決戦を挑んだのにもかかわらず、一度の全力攻撃だけで彗星、天山のおよそ半数を失ってしまったのだ。


小沢中将も、紫電がもし戦いに〝間に合っていなければ……〟と考えると、背筋の凍る思いがした。零戦の護衛を受けて出撃したブラウン航空隊の損害機数の多さが、紫電の有効性を如実にあらわしていた。

もはや零戦や一式陸攻では一線級の米軍戦闘機に歯が立たず、味方基地航空隊は、これまた新型機の銀河が、かろうじて米空母に一矢を報いたにすぎなかった。

とくに海軍機の防御力の弱さは大問題で、この点を改善しないかぎり、せっかく育てた搭乗員をどんどん失ってゆく。市丸司令官から依頼を受けた小沢は、零戦を〝三〇機ぐらいは収容してやる必要があるだろう……〟と考えていたが、実際に空母へ着艦をもとめて来た零戦はわずか一五機にすぎなかった。

それら零戦のうちの一三機は、空襲をまぬがれた第二機動艦隊の軽空母三隻「翔鳳」「龍鳳」「瑞鳳」で収容し、深手を負っていた残る二機については事故を避けるために不時着水をもとめ、搭乗員のみを救助することにした。

零戦の損耗率はじつに七六パーセントに達しており、ブラウン航空隊全体では零戦四一機、一式陸攻三六機、銀河五四機の合わせて一三一機を失い、その損耗率は恐るべきことに八〇パーセントを超えていた。

とはいえ、銀河のあたえた二発の命中弾は決してムダではなく、はじめからエニウェトク基地の存在を危惧していたスプルーアンス中将には、とくに心理的ダメージをあたえていた。

――やはりエニウェトクの敵基地航空隊は決して無視できないぞ！

エニウェトクの日本軍航空隊はトラックなどの後方基地から航空兵力の増援をもとめることができ、それら日本軍機が再度、第五八機動部隊の上空へ来襲する可能性も完全には否定しきれなかった。実際には連合艦隊にブラウンへ航空増援を送るほどの余力はなかったが、スプルーアンスとしてはその可能性を捨てきれず、作戦中止を命じる一因となっていたのだった。

そして、戦いはまだ続く。

正午を過ぎた時点で、戦闘を〝有利に進めつつある！〟と確信した小沢、角田両中将は、ここぞとばかりに戦果拡大を図るため、第三波攻撃隊の出撃準備を急いでいた。

味方は今、まちがいなく戦いの主導権を握っており、この機を逃さず米軍機動部隊に追い討ちを掛けるべきだった。

ただし、ブラウン発進の零戦を、先に収容してやる必要があるし、帰投して来た攻撃機は、その多くが傷付いていた。

　再出撃可能な機を選別して、第三波攻撃隊の発進準備を終えるのに、小沢、角田両中将は、もうしばらく時間を必要としていたのである。

VICTORY NOVELS　ヴィクトリー ノベルス

装甲空母大国(2)

中部太平洋大決戦！

2024年4月25日　初版発行

著　者　　原　俊雄
発行人　　杉原葉子
発行所　　株式会社 **電波社**
〒154-0002　東京都世田谷区下馬6-15-4
TEL. 03-3418-4620
FAX. 03-3421-7170
https://www.rc-tech.co.jp/
振替　　00130-8-76758

印刷・製本　中央精版印刷株式会社

ISBN 978-4-86490-253-3 C0293